Eberhard Müller

Unterwegs zum Leben

Durch Leid und Tod
zur Heimat

Impressum

Der auf dem Cover abgebildete neue Friedhof in Stuttgart-Weilimdorf hat ca. 5700 Grabstätten. Der zum Himmel ragende Dachstock der Friedhofskapelle ist als Glockenturm ausgebildet. Die Glocken aber hängen in der kleinen ev. Kirche der Wolfbuschsiedlung. Die Kirche hat zwei Glocken. Die 460 kg schwere Totenglocke trägt die Inschrift „Deine Toten sollen leben" und auf der zweiten steht „Ich bin die Auferstehung und das Leben". Zur Weihe der ersten Glocke widmete der damals amtierende Pfarrer Henrich folgendes Gedicht:

Ich will da jähe Schweigen,
das herber Tod gebar,
hinauf zum Himmel tragen,
zum ewigen Altar.

Ich will die Trauerseufzer,
der Seelen bittres Weh
der heiligen Liebe künden,
dem Vater in der Höh.

Hört meinen Ruf und folgt ihm,
nach Leid und Tod der Zeit,
wird Getrenntes ewig
vereint in Herrlichkeit.

Für viele ist der Tod ein schwarzes Loch, das alles verschlingt oder beendet. Stellvertretend für die trauernden Angehörigen, die ihren Schmerz oft nicht artikulieren können, läutet die Kirchenglocke „der Seelen bittres Weh" in den Himmel. Für alle Trauernden und Fragenden, die dem Ruf der Glocke folgen wollen, wurde dies Büchlein in Romanform geschrieben. Es ist ein relativ gut lesbarer und informativer Leitfaden über das Danach.

Coverbild: Neuer Friedhof in Stuttgart-Weilimdorf

ISBN: 9 783 735 780 836

Herstellung und Verlag: BoD-Books on Demand, Norderstedt

Vorwort

Unsere vergängliche Welt ist eine Raum-Zeit-Blase am Rande der Dimensionen, gewissermaßen eine Insel der Verbannten im Meer der Unendlichkeit. Es ist eine Zauberinsel! - auf der sich in grotesker Weise Glück und Unglück miteinander mengen. Die Menschheitsgeschichte wird einerseits mit Blut und Tränen geschrieben, andererseits erwächst aus den widerstreitenden Kräften eine Entwicklung, aus der nicht nur Kunst, Wissenschaft und Technik entsteht, sondern letztlich ein neuer Mensch aufersteht.

Ob wir Atheisten, Christen oder Islamisten sind, einst wird, wie in vorliegender Geschichte, unser Dasein die Raum-Zeit-Blase verlassen. Zurück bleibt lediglich unsere zerfallende sterbliche Hülle. In dem nächsten Gastland – dem Toten- oder Geisterreich spielt sich der vorliegende Roman ab.

Das vorliegende Buch ist keine religiöse Schrift, schon gar kein Lehrbuch über das Totenreich. Es ist ein Roman, der sich eben in diesem Raum abspielt, wo die Bleibedauer in der Regel viel länger als auf Erden ist. Der Verfasser hat sich ca. ein Jahrzehnt mit diesem Thema befasst und seine Vorstellungen aus den unterschiedlichsten Quellen gebildet. Es entstand dadurch ein Handlungsrahmen, der nach seinem Ermessen der Wirklichkeit nahe kommt. Selbst wenn die geschilderten Erlebnisse im Totenreich als illusorisch empfunden werden, kann doch das Buch mit Gewinn gelesen werden, denn es geht in jener Welt um nichts anderes als hier auf Erden: Versöhnung mit der Macht, die uns aus Sternenstaub werden ließ, Versöhnung untereinander und Versöhnung mit dem eigenem Schicksal. Der Verfasser wünscht allen Lesern reichen Segen durch die vorliegende Schrift. Möge am Ende aller unserer Wege Heimat sein.

Stuttgart, November 2016

Kapitelverzeichnis

1 Die Krankheit

Sophia war 20 Jahre alt und fröhlich in einem wohlsituierten Elternhaus aufgewachsen. Schon als Kind war sie sehr sozial veranlagt und wollte einmal Krankenschwester oder Ärztin werden. Die Eltern standen diesem Wunsch wohlwollend gegenüber. Der Vater allerdings gab ihr zu verstehen, dass sie mit einem guten Notendurchschnitt ihr Abitur abschließen müsste, wenn sie Medizin studieren wolle. Insgeheim vermutete er, dass sie den hohen Anforderungen nicht gewachsen war. Doch er hatte sich in *Sophias* Beharrlichkeit und Zielstrebigkeit getäuscht.

Nachdem sie ihre Reifeprüfung mit der Note 1,5 abgeschlossen hatte, gestanden die Eltern es ihr zu, in einer entfernten Stadt Medizin zu studieren. Es wurde ein einfaches Studentenzimmer bezogen, und der erste Weg in die Fremde war beschritten. Sie ließ die elterliche Fürsorge und die unbekümmerte Zeit ihrer Kindheit zurück.

Ein hartes Studium begann und die Anspannung eifersüchtiger Leistungsstreberei ließ sie nicht zur Ruhe kommen. Nur die besten wurden auf ihrer Uni gefördert und sie wollte nicht auf der Strecke bleiben. Täglich studierte sie sieben bis acht Stunden und mühte sich ab den komplexen Lehrstoff zu erfassen.

Ab dem dritten Semester hatte sie als Dozenten auch den Chef der Hautklinik vom naheliegenden Krankenhaus. Nach einer Vorlesung kam sie etwas verlegen auf ihm zu und fragte, ob sie ihn etwas zeigen dürfte. Sie setzten sich auf einer nahegelegenen Bank im Garten. *Sophia* streifte ihr sommerliches Kleid zurück und zeigte auf ein haselnußgroßes schwarzglänzendes Muttermal über dem rechten Knie. Sie blickte den Arzt fragend an und sagte: „Meinen Sie, ich sollte das wegmachen lassen?" Im Gesicht des Arztes war ein kurzes Erschrecken festzustellen, dann antwortet er sachlich: „Ja, das sollten wir entfernen lassen. Wir dürfen keine Zeit verlieren und bald klären, um was für eine Geschwulst es sich handelt".

Der Hautarzt war in der Tat erschrocken. Mit hoher Wahrscheinlichkeit handelte es sich um ein bösartiges Melanom, das bereits an anderen Stellen den Keim zu Tochtergeschwülsten gelegt hatte. Im jugendlichen Alter gewährt dieser gleichzeitig in die Tiefe und Höhe wachsender Geschwulsttyp, der im Volksmund als schwarzer Krebs bezeichnet wird, eine nur sehr begrenzte Überlebenschance. Gerade vor wenigen Wochen hatte er an einem Lehrgang teilgenommen, wo ähnliche Fälle in ihrer ganzen Dramatik vorgestellt wurden. „Vierzehn bis sechzehn Monate Überlebenszeit", hörte der Klinikchef noch in seinen Ohren, sind bei beginnender Metastasierung in jungen Jahren zu erwarten.

Die Operation wurde gleich für den folgenden Tag angesetzt. Das Melanom wurde entfernt und die tiefe breitklaffende Wunde mit kräftigen Nähten zusammen gezogen. Ein großer Verband deckte zunächst alles gnädig ab, so dass man nichts Böses mehr darunter vermutete. Schließlich lag Sophia auf Zimmer 13 des alten, hochräumigen Klinikgebäudes, zusammen mit einer anderen unglücklichen Melanompatientin.

Für den nächsten Tag wurde *Sophias* Mutter zum Klinikchef gebeten um ihr den Pathologiebefund zu eröffnen. Es war eine schwerwiegende Diagnose. Die Geschwulst war bösartig und aller Wahrscheinlichkeit nach hatten sich bereits Metastasen gebildet. Es wurde beschlossen weder Chemotherapie noch Bestrahlung einzusetzen. Nach den seinerzeitigen internationalen Statistiken hatte beides, bei diesem gefährlichen Melanomtyp, kaum Erfolg gebracht, sondern nur erhebliche Nebenwirkungen hervorgerufen. Stattdessen sollte durch regelmäßige, hochdosierte Injektionen eines speziellen Mistelpräparates die Immunabwehr des Körpers gesteigert werden, zusammen mit einer geeigneten Diät, mit den für die Tumorabwehr wichtigen Mineralstoffen und Vitaminen. *Sophias* Mutter, die neben dem Arzt saß weinte still. *Sophia* hatte sofort verstanden was der Arzt sagen wollte. Sie blieb gefasst, dennoch rannen auch ihre Tränen in das Kissen.

Als der Arzt und schließlich auch die Mutter wieder fort waren, überkam sie der Jammer. Sie protestierte innerlich! Sie war verlobt und träumte von einer Familie mit vielen Kindern. Vor allem wollte sie den Menschen als Ärztin dienen. Deswegen hatte sie sich für das Abitur so sehr ins Zeug gelegt und danach ein Medizin-Studium angefangen. Und nun kommt einer daher und sagt, dass sie in die Ziel-Gerade zum Sargempfang einläuft. Innerlich seufzte sie: „Ich dachte, ich könnte durchs Leben stürmen und alles erreichen was ich mir vorgenommen habe. Aber als ich zum ersten Mal das Melanom über meinem Knie sah, begann bereits mein Abstieg. Warum? Was hab ich verbrochen, dass man ein so hartes Urteil über mich gesprochen?"

Die Eltern wollten sie wieder nach Hause holen und mit ihr zusammen den Kampf gegen den Krebs aufnehmen. *Sophia* aber wollte ihr Studium fortsetzen. Sie argumentierte: hier sei sie in besten Händen. Ein Lehrer sei sogleich ihr Arzt, der sie betreute, und das Krankenhaus mit den erforderlichen Einrichtungen und Experten auch gleich in der Nähe. Schließlich akzeptierten die Eltern ihren Wunsch.

Etwa ein Jahr ging es *Sophia* noch relativ gut. Sie setzte ihr Medizinstudium fort – allerdings gelassener. Der ehrgeizige Leistungsdruck unter den Besten zu sein war weg. Warum sollte sie sich jetzt noch übermäßig abstrampeln? In den Semesterferien machte sie mit ihrem Verlobten eine Rundreise durch die USA, um noch etwas von der Welt zu sehen. Daheim berichtet sie mit Begeisterung davon. Ihre Angehörigen fingen an, wieder Hoffnung zu schöpfen.

Doch nach 13 Monaten wurde sie schwächer und es stellten sich Rückenschmerzen ein. Eine Kernspintomografie wurde angeordnet. Reglos wie eine Tote lag sie in dem Scanner, als läge sie schon im Sarg. Ihr Kopf war mit Riemen festgeschnallt, und sie trug Ohrstöpsel, um den Lärm der Apparatur zu dämpfen, die um sie herum stampfte, surrte und klopfte.

Während der Spintomograf Schnittbilder von ihrem Gehirn erzeugte, fragte sie sich, ob irgendwo auf der Welt eine Macht existierte, die sie retten konnte. *Sophia* schloss die Augen. Sie kämpfte gegen die wachsende Furcht an, die in ihr aufstieg.

Dann kam die Stunde, in der der Arzt sie bestellte, um das Ergebnis der Computertomografie mit ihr zu besprechen. Für einen Bruchteil einer Sekunde hatte sie den Gedanken, dass der Dozent in seiner unnachahmlichen Art ihr mitteilen würde, dass sie krebsfrei sei. Aber dann gewann die Wirklichkeit wieder die Oberhand und sie setzte ihre Füße fest auf den Boden, um ihre Beine am Zittern zu hindern. Als sie schließlich das Sprechzimmer verließ, war der anfängliche Schock von Erleichterung abgelöst worden. Erleichterung weil sie sich keiner qualvollen Therapie aussetzen musste. Der Arzt hatte ihr erklärt, dass sich Tumore an ihrem Gehirnstamm gebildet hatten, welche die Rückenschmerzen verursachten. Eine Behandlung würde aber die stark belastenden Nebenwirkungen nicht rechtfertigen.

Der Kampf war vorüber. Der Krebs hatte gesiegt. Sie hatte nicht mehr lange zu leben; diese Aussicht trug seltsamerweise zu ihrer Erleichterung bei. Es würde keine Angst vor dem Unbekannten mehr geben und keine Zweifel hinsichtlich der Zukunft. Furcht hatte sie lediglich, ihren Eltern die düsteren Aussichten zu eröffnen. Aber es blieb ihr nichts anderes übrig. Sie ließ ihren Vater und ihre Mutter sowie ihren Verlobten zu sich kommen. Als sie vor ihr saßen, überlegte sie, ob sie mit der guten Nachricht beginnen sollte, dass sie keine Behandlung mehr brauche. Aber das wäre grausam gewesen, so sagte sie: „Ich habe drei Tumore, die sehr schnell wachsen. Die einzige Behandlung die noch in Frage kommt, ist palliativer Art."

Ein schockiertes Schweigen antwortete. Ihre Mutter wurde kreidebleich und strebte der Toilette zu. Die Augen ihres Verlobten waren vor Schreck geweitet. „Palliativ?" fragte er. „Sterbebegleitung" sagte *Sophia* und nahm seine Hand. „Morphium, speziell ausgebildete Pfleger, Hospiz, all so was." „Das war es dann also?" erwiderte er mit zitternder Stimme. *Sophia* antwortete: „Es tut mir leid, Frank, aber es ist Zeit ans Loslassen zu denken."

Nach einem viertel Jahr hatte sich der Zustand von *Sophia* so verschlechtert, dass sie stationär ins Krankenhaus eingeliefert werden musste. Kurz darauf wurde sie auf die Palliativ-Station verlegt. Da lag sie nun und starrte zur weißen Zimmerdecke. War dies nun alles? In Gedanken verfolgte sie ihr Leben zurück. Sie war dankbar, dass sie eine fröhliche Kindheit und relativ unbeschwerte Jugendzeit erleben durfte. Vom Konfirmandenunterricht wusste sie nur noch, dass der Pfarrer eine interessante Rechnung aufgemacht hatte. Er sagte damals: „Zur Konfirmation bekommt ihr im Schnitt Geschenke im Wert von 2000 Euro. Bei etwa 40 Besuchen ergibt dies einen Stundenlohn von 50 Euro. Das bekommt sonst kein Handwerker oder Büroangestellter". Ja, das leuchtete ein. Aber sie bekam dazu noch einen Konfirmationsspruch. Der hing heute noch in ihrem Zimmer im Elternhaus. Er lautete: „Christus spricht: *Wer an mich glaubt, der wird leben, ob er gleich stürbe*". Verstanden hatte sie diesen Spruch nie. Aber jetzt berührte sie diese Aussage. „*…der wird leben, ob er gleich stürbe*"? Mit dem Tod ist doch alles aus? Oder geht es trotzdem noch weiter?

Nach zwei Wochen, spät am Abend, als sie schlaflos vor sich hindöste, sah sie einen Engel am Fuß ihres Bettes stehen. Oh, eine Morphium-Halluzination vermutete sie. Dann verschwand die Gestalt wieder und ein gestresster Pfleger kam. Er meinte in dieser Nacht wäre er allein in der Abteilung und hätte bereits zwei Sterbefälle. Wenn möglich sollte sie in dieser Nacht nicht abtreten. *Sophia* nickte müde mit dem Kopf. So pressiert es nun auch wieder nicht, dachte sie. Am anderen Tag, als die Sonne am höchsten stand, bemerkte sie den Engel wieder. Er sah sie mit einem Blick an, der unmissverständlich ausdrückte: jetzt aber keine Ausflüchte mehr. Auf einmal wurde es ihr ganz leicht zumute. All ihre Schmerzen verschwanden. Ein unbeschreibliches Wonne-Gefühl durchflutete sie – und dann sah sie ihren leblosen Körper unter sich. Verblüfft schaute sie darauf. Fast sachlich stellte sie fest: jetzt haben sie genügend Personal um meinen Fall zu abzuschließen. Nur der Gedanke an ihre Eltern betrübte sie, als sie sich vorstellte, wie sie demnächst schmerzvoll an ihrer Bahre stehen würden. Doch der Engel ließ sie nicht bei ihrem Grübeln. Mit einer Kopfbewegung deutet er an: Auf, die Reise ins Jenseits beginnt!

Das himmlische Wesen hatte kein Wort gesprochen und *Sophia* fand, dass es auch etwas müde aussah. Später, als sie mehr mit dieser Gattung vertraut war, erfuhr sie, dass die Todesengel pro Tag etwa 250.000 Seelen an die unterschiedlichsten Plätze ins Geisterreich zu bringen hatten. Fast immer benötigt jede Seele eine besondere Führung. Nur bei Katastrophen und Kriegen konnte ein Engel auch mal eine ganze Schar von Seelen in einem Transportverband zum vorläufigen Bestimmungsort geleiten. Doch jetzt galt es für *Sophia* erst einmal den Anschluss zu halten und schwerelos hinter ihrem Engel herzuschweben.

Bald sah sie das Krankenhaus unter sich, dann die Uni, in der sie das sechste Semester nicht mehr vollenden konnte. Dann kam ihr Elternhaus in Sicht. Ja, hier hatte sie ihre Kindheit und Jugendzeit erlebt. Demnächst würde hier die Trauer einziehen - aber wo würde sie hinziehen? Doch es gab keine Zeit zum Überlegen, die Fahrt ging flott weiter. Nun zog der Engel eine Schleife über einem großen Friedhof, in der die Gräber in einer schönen Parkanlage eingebettet waren. Er lag am Rande großer Wälder und auf einem der Waldrücken stand das Schloss Solitude[1]. Diesen Friedhof kannte sie, ihr Opa lag dort und sie würde wohl demnächst an diesem Ort vorzeitig ihre Ruhe finden. Die „Ehrenrunde" über diesem Totenfeld war wohl die Antwort des Engels auf ihre unausgesprochene Fra-

---

[1] Solitude = Einsamkeit, Abgeschiedenheit, „Meine Ruhe"

ge. Freundlich von ihm, mir alles nochmals zu zeigen, dachte sich *Sophia*. Doch die Reise ging weiter.

Der Engel ging nun in einem Steigflug über. Bald verschwanden beide in einer dunklen Wolke, die sich intern zu einem Tunnel ausbildete. Durch diese Himmelstraße flogen sie eine Weile, bis die Wolke sich lichtete und unter ihnen wieder Land sichtbar wurde. Neugierig schaute Sophia herab. Unter ihr breitete sich ein flaches Land aus, durch das ein mächtiger Strom floss. Die Ebene war, parallel zum Gewässer, von bewaldeten Bergen begrenzt. Der Fluss kam von einem hohen schneebedeckten Gebirge und strömte in einen großen See. Nun begann der Abstieg. Tiefer und tiefer sanken sie, immer mehr Einzelheiten konnte *Sophia* erkennen. Schnell bewegten sie sich auf eine großflächige Parkanlage zu, auf der zwei Gebäude standen. Vor dem kleineren Gebäude landeten sie. Der Engel ging unverzüglich ins Gebäude und *Sophia* trottete brav hinterher. Sie traten in einen Empfangsraum, in dem einfache Tische und Stühle standen. Der Engel wies mit einer Hand auf die Stühle und löste sich in Nichts auf. „Puh" stieß *Sophia* aus, als sie sich setzte. Das war viel Überraschendes auf einmal.

2 Die Oase

Doch ganz allmählich ordneten sich ihre Gedanken zu. Wo war sie denn eigentlich gelandet? Was war dies für ein Ort? Dann sah sie an sich herab. Sie hatte einen engen Rock und eine gelbe Bluse an. Ein Outfit das sie gewöhnlich als Studentin trug. Ihre Reise trat sie aber an, als sie mit einem Nachthemd bekleidet im Krankenhausbett lag. Wie kam diese Verwandlung zustande? Ihr Verstand, der nun nicht mehr unter den Betäubungsnebeln der Medikamente litt, war jetzt ungewöhnlich scharf. Sie wusste, sie war tot und würde nie wieder ins Elternhaus zurückkehren. Wie aber war es möglich, dass sie dennoch sehen, sprechen und denken konnte? Ihre Sinne und ihr Gehirn blieben doch im toten Körper zurück, der bald auf dem schönen Friedhof zerfiel. Als Medizinstudentin folgerte sie, dass es ein transzendentes Redundanzsystem geben musste, in dem ihr Leben gespeichert war und das über alle Sinne verfügte; schließlich konnte sie sich jetzt noch an ihre Kindheit erinnern. Medizinisch gab es keinen Ansatzpunkt dies zu erklären. Auch hatte sie in keinem ihrer Schulbücher je eine Bemerkung dazu gefunden. Die Medizin stand, trotz all ihrer anerkannten Fortschritte, wohl noch am Anfang.

Plötzlich wurde sie aus ihren Überlegungen gerissen. Eine gegenüberliegende Tür ging auf und vor ihr stand eine Person. Sie hatte ein schwarzes Kleid an, trug eine weiße Haube und sah aus wie eine Diakonisse. Trotz ihres strengen Blickes wirkte ihre Stimme nicht unfreundlich, als sie sagte: „Willkommen, *Sophia Linda,* in unserem Reich". Dann setzte sie sich neben *Sophia* und stellte sich vor: „Ich heiße Schwester *Edith Friedensreich* und bin Leiterin und Lehrerin in diesem Gästehaus. Die Einrichtung heißt *Oase.* Auf der Parkanlage haben wir noch ein größeres Gebäude, welches *Quelle* heißt. In diesem sind derzeit 100 Syrer untergebracht, die im Krieg umgekommen sind".

Sophia fragte schüchtern dazwischen: „Bin ich hier schon im Himmel?" Schwester *Edith* lachte: „Nein, leider noch nicht. Wir haben aber die Aufgabe euch in den Himmel zu bringen. Es ist ein Reich zwischen den Welten. Auf Erden wird es meist als Totenreich bezeichnet. Dies ist aber ein missverständlicher Ausdruck. Du bist natürlich nicht tot, sonst könnten wir uns jetzt nicht unterhalten. Zutreffender ist der Begriff „Geisterreich", denn der einzige Unterschied zum irdischen Dasein ist, dass der materielle Körper abgelegt wurde. Ansonsten ändert sich vorerst nichts. Manche die hier eintreffen haben noch nicht einmal gemerkt, dass sie gestorben sind. Dieses Zwischenreich hier ist ein mächtiges und vielfältiges Reich. Es hat derzeit mehr als 80 Milliarden Bewohner – von der Steinzeit bis zur Gegenwart. Grob gesagt geht es hier darum, dass die Ankömmlinge zur Ruhe, zur Besinnung, zu Recht und schließlich nach Hause kommen. Die meisten kommen erst hierher wenn die „Unruhe" ihrer Erdenzeit an stillen Aufenthaltsorten etwas abgeklungen ist. Bei dir haben wir eine Ausnahme gemacht, da du noch nicht in die Händel des irdischen Dasein verwickelst warst. Aber jetzt zeige ich dir dein Zimmer, so dass du erst einmal von deiner Reise zur Ruhe kommst".

Sie gingen ein Stockwerk höher. Am Ende eines langen Flures lag das Zimmer 39. Sie traten ein und die Schwester meinte, „dies ist für die nächste Zeit deine Bleibe". Es war ein geräumiges und geschmackvoll eingerichtetes Zimmer mit Bett, Tisch, Stühlen, Schränken und Bildern. Durch das Fenster hatte man einen schönen Blick zu den Bergen am Rande der Ebene. „Gibt es hier irgendwo auch eine Nasszelle?" fragte *Sophia* indem sie sich umschaute. Schwester *Edith* schmunzelte: „Vergiss nicht, dass du jetzt ein Geist bist. Du brauchst dich hier weder zu waschen noch zu kleiden. Die Geiststoffmasse formt sich zur Gestalt die im irdischen Dasein typisch war. Ich war früher Diakonisse und trete daher hier in der Gestalt einer Diakonisse auf, brauche also keine Kleider zu wechseln oder zu reinigen, sie sind teil meines Astral-Leibes. Ganz schön praktisch, was? Es kommt aber eine Zeit, wo wir mit der Auferstehung einen neuen unverweslichen Körper bekommen – dann geht es wieder los mit anziehen, Haare kämmen und dergleichen."

„Wir haben im Haus drei verschieden große Versammlungsräume", fuhr die Schwester fort. „Morgen um 9 Uhr treffen wir uns im obersten und kleinsten Raum, der *Himmelsblick* heißt. Wir sind derzeit nur 6 Personen, die dort zusammen treffen. Dort wird euch gesagt wie es hier weiter geht. Bis dahin kannst du den Park mit seinen Einrichtungen etwas erkunden und auch anschauen was in den Schränken für dich bereit liegt".

3 Emigranten von der Erde

Am nächsten Tag stieg *Sophia* vorzeitig die Treppe zum Raum *Himmelsblick* hoch. Es war ein kleiner Saal, der, abgesehen von der Türwand, von Glaswänden eingegrenzt war. Der Raum war noch leer. Sie war die Erste. Schon von der Türwand aus sah sie die Berge, die sie bereits von ihrem Zimmer aus bemerkt hatte. Allerdings entdeckte sie von ihrer jetzigen Lage, dass an den Hängen eine Burg mit Turm stand. Durch die linke Glaswand sah sie in der Ferne das grandiose Gebirge aufragen, aus dem der Strom herkam. Rechtsseitig konnte sie im Dunst gerade noch die Wasserfläche erkennen, in die das Gewässer mündete. Beeindruckt setzte sie sich und genoss die phantastische Rundschau.

Da traten zwei jüngere Männer in den Raum und blickten sie erstaunt an. Sie gingen dann aber auf sie zu und gaben ihr die Hand. „Friede sei mit Dir, ich heiße *Achmed Bin Layla* [2]", sagte der eine und der andere „Schalom, ich bin der *Jakob Morgenrot*". *Sophia* nannte nun auch ihren Namen und lächelte ihnen dabei freundlich zu. Dann kam *Schwester Edith*, schaute auf die Uhr und setzte sich zu ihnen an den runden Tisch. Danach trat eine ca. 30-jährige schöne Frau durch die Tür, grüßte etwas verlegen in die Runde und ließ sich ebenfall auf einem Stuhl nieder. Zum Schluss kam eine Person, die wie ein Wandergeselle aussah, mit Knickerbocker, Schnürschuhen und auf dem Kopf einen Hut mit Gamsbart. Ohne ein Wort zu sagen ließ er sich auf die nächste Sitzgelegenheit fallen.

Schwester *Edith* räusperte sich und sprach: „Wie ich sehe sind wir jetzt vollzählig. Für euch bricht nun ein neuer Abschnitt an. Ich freue mich, euch über die nächsten Jahre begleiten zu dürfen. Es wird für euch eine wichtige Zeit werden. Ihr bekommt eine Einführung in unser großes und komplexes Zwischenreich, und werdet auch ein wenig mit eurer Umgebung

---

[2] *Bin Layla* = Sohn der Nacht

vertraut gemacht. Dabei werdet ihr manche Schicksale und Einrichtungen kennenlernen. Wir werden dazu einige Exkursionen unternehmen. Grundsätzlich gilt für jeden, dass er hier seine Erdenzeit aufzuarbeiten hat. Auf Erden ward ihr in einer Raum-Zeit-Blase gefangen und euer begrenztes Wissen mitsamt all seinen Irrtümern muss nun der universellen Wirklichkeit Platz machen. Ihr bekommt entsprechenden Unterricht und werdet auch etwas über unseren Präsidenten erfahren. Zum Schluss wird es ein Beurteilungsgespräch oder ein Gerichtsurteil über jeden einzelnen geben, in dem auch die Weichen zu eurer künftigen Bestimmung gestellt werden. Letztlich sollt ihr das werden, was als Berufung schon über euch stand, als ihr geboren wurdet.

Ich werde euch nicht allein unterrichten, wir haben für den Lehrgang noch einen qualifizierten Lehrer gewonnen, es ist der Engel *Urusedek*. Er wird sich jetzt gleich vorstellen – und dann seid ihr an der Reihe". Ein verblüfftes Raunen war zu hören als sich der „Gamsbartmann" erhob und sich zur Runde verneigte und betont langsam zu sprechen begann:

„Ich stamme aus einer anderen Welt und habe weder Vorfahren noch Nachkommen – ich bin, wie bereits erwähnt wurde, ein Engel. Ich habe bereits existiert bevor die Erde entstand. In der Vorzeit der Menschengeschichte, in der noch keine Offenbarungsreligion sich breit machte, war ich als ein Wächter auf Erden eingesetzt. Wir passten uns seit jeher der Umgebung und den Kulturen an, so dass uns niemand erkannte. So konnten wir im Hintergrund als Wesen aus einer anderen Welt wirken. Auf Erden war meine Tarnung besser als sie hier ist. Meine Aufgabe ist es, euch ein umfassendes Weltverständnis zu vermitteln. Was euch verborgen war soll ans Licht kommen und das Hintergründige offenbar werden. Ich habe euch in der nächsten Zeit viel zu sagen, aber jetzt sollt ihr zuerst drankommen. Damit wir uns kennenlernen, darf jeder sich vorstellen, sagen woher er kommt und was er auf Erden getrieben hat".

Schwester *Edith* blickte zu *Achmed* und forderte ihn auf: „Fang du mal an".

Zögernd begann *Achmed*: „Ich heiße *Achmed Bin Layla* und wurde im Iran geboren. Ich wuchs in ärmlichen Verhältnissen auf und sehnte mich seit meiner Kindheit immer nach dem Paradies. Deswegen ging ich bei einer strengen Moslembruderschaft in eine Koranschule. Dort wurde mir der Hass auf Ungläubige eingeflößt, vor allem auf Juden und Amerikaner, den Erzfeinden des Islams. Wir wurden bereits in der Schule vormilitärisch ausgebildet, bekamen Softair-Gewehre und mussten damit durchs Gelände robben und auf Attrappen von US-Soldaten schießen. In der Schule wurde uns gelehrt, dass es für einen Moslem das höchste ist für den Glauben zu sterben. Man wird dadurch zum Märtyrer, und einzig dadurch bekommt man direkten Zugang zum Paradies. Uns wurde weiter erzählt, dass der Islam im Begriff ist einen weltweiten Gottesstaat aufzurichten. Um dieses Ziel zu erreichen würden viele Kämpfer gegen die Ungläubigen benötigt, die bereit sind für Allah ihr Leben zu opfern. Wer wolle könne sich für diesen Dienst weihen und ausbilden lassen. Ich habe mich damals im Alter von 14 Jahren dafür entschieden. Mit 17 Jahren wurde ich nach Afghanistan geschickt und als Gotteskämpfer ausgebildet. Zwei Jahre lang dauerte die harte Ausbildung.

Danach, im Alter von 19 Jahren habe ich geheiratet und mich als Bauhandwerker ausbilden lassen. Es gab bei uns nach dem Golfkrieg viel aufzubauen und ich bekam genügend Arbeit, so dass ich meine Familie gut ernähren konnte. Doch immer wieder wurde ich zu Militärübungen eingezogen. Als ich 25 Jahre alt war, bekam ich meinen ersten und letzten selbständigen Auftrag. Ich hatte eine Gruppe von Polizeianwärtern mit einer Sprengladung unter Aufopferung meines Lebens zu töten. Alle Vorbereitungen liefen gut und auch der Einsatz klappte wie vorgesehen. Ich bin überzeugt, dass ich meinen Auftrag ordentlich ausgeführt habe und es war mir unverständlich, dass ich danach nicht ins Paradies gelangt bin. Statt im Paradies bin ich in einem düsteren Wald angekommen. Sieben Tage irrte ich ziellos zwischen den Bäumen hindurch. Es war unheimlich still und zwielichtig. Einen eintönigeren und lebloseren Ort konnte ich mir nicht vorstellen. Dann traf ich auf *Jakob*, er war offensichtlich ein Jude. Ein Erzfeind, einer von denen die den Arabern das Land gestohlen hatten. Blitzartig schoss mir der Gedanke durch den Kopf, Allah wollte, dass ich meine Laufbahn als Gotteskrieger vollende. Bisher hatte ich nur ungläubige verräterische Landsleute getötet. Aber hier saß ein Jude, die Inkarnation des Bösen. Wenn ich ihn tötete, dann bin ich nicht nur ein Märtyrer sondern ein Glaubensheld mit Anrecht auf einen der besten Plätze im Paradies. Ich fand eine Steinplatte schwang sie mit beiden Händen über den Kopf und ließ sie mit aller Macht auf meinem Gegenüber niedersausen.

Doch die Platte ging durch ihn hindurch als wäre er aus Nebel. Der Jude sah mich nur erschreckt an, blieb aber völlig unbeschädigt. Mich packte das Grauen. Schlagartig wurde mir bewusst wo ich war. Der Mann vor mir war bereits tot, ich konnte ihn nicht nochmals töten und ich selbst war auch tot. Wir befanden uns beide im Totenreich. Ich schrie verzweifelt auf. Man hatte mich betrogen. Was hatte Feindschaft noch für einen Sinn, wenn man sich nicht mehr töten konnte, weil man schon tot war? Wo war der Lohn für meinen aufopferungsvollen Einsatz? Wo war das Paradies, für das ich alles gegeben hatte? Wo waren die Jungfrauen vom himmlischen Garten? Stattdessen befand ich mich nun in einem trostlosen Reich, zusammen mit meinem schlimmsten Feind. Wahrlich, dafür hatte ich meine Familie mit den drei Kindern, die ich sehr liebte, nicht aufgegeben.

Ich habe alles drangegeben, was mir lieb war und habe dabei alles verloren. Mein junges Leben opferte ich nach den Anweisungen unserer religiösen Führer und dann musste ich mit diesem Mann, in einem unheimlichen Wald, meine Zeit verbringen. Verfluchtes Schicksal, das mich so genarrt hatte.

Durch meine Tat war ich dazu seltsamerweise an diesen verhassten Juden gebunden. Ich konnte nicht mehr weglaufen. Wir hatten jetzt reichlich Zeit, was sollten wir zusammen tun? Wir beide führten viele Gespräche. Nur langsam schlichen die eintönigen Tage vorüber. Es gab nur einen Wandel zwischen Düsterheit und Nacht, aber weder Sonne noch Regen, Sturm oder Gewitter. Es war eine unheimliche Einförmigkeit die auf den Geist ging und dazu führte, dass wir uns bis ins letzte Detail gegenseitig offenbarten. Zu Erdenzeiten hätten wir dies nie getan, doch hier zwangen uns die Langeweile und die unsagbare Unergründlichkeit der Umgebung, unser Leben bloß zu stellen. Allmählich führte dies dazu, dass jeder den anderen immer mehr verstand und in ihm nicht mehr den Feind sondern den Leidensgenossen sah. Was keiner von uns je für möglich gehalten hatte geschah: der tiefe Hass löste sich auf. Der Düsterwald verschlang Ideologie, Religion, Rasse und Stand, und ließ nur noch den nackten, hilflosen und nichtigen Menschen zurück. Beraubt unserer Stützen und der vertrauten Umgebung standen wir verlegen wie vor einem schweigenden aber alles durchschauenden Richter. Endlich nach drei Monaten des gemeinsamen Umherirrens fanden wir, die Entwurzelten und heimatlosen Fremdlinge, hier eine Herberge".

Schwester *Edith* nickte nun *Jakob* zu, damit er nun seine Geschichte erzähle.

Jakob stellte sich mit folgenden Worten vor: „Ich heiße *Jakob Morgenrot* und bin in Jerusalem als Sohn deutscher Einwanderer geboren. Ich wurde streng im jüdischen Glauben aufgezogen. Das Gesetz Moses, die Tora, musste ich bereits als Kind auswendig lernen und auch danach leben. So wurde ich ein orthodoxer Jude. Mit 21 Jahren heiratete ich und lebte zufrieden mit meiner Frau, von der ich drei Kinder bekam. Beruflich ließ ich mich als Rabbi ausbilden und lehrte in einer Synagoge. Nun ist meine Frau Witwe und muss die drei Kinder allein versorgen, da ich im Alter von 33 Jahren auf dem Weg zur Klagemauer, von einem Raupenbagger gezielt überrollt wurde. Ein Terrorist fuhr mit dieser Baumaschine Amok und hat viel Schaden angerichtet und mich getötet. Danach fand ich mich im Düsterwald wieder. Es war für mich eine schlimme Überraschung hier zu landen. Ich hatte immer angenommen nach meinen Tod an einen anderen Platz zu kommen. Treu habe ich Gottes Gebote von meiner Jugend an gehalten und selbstverständlich geglaubt, ich würde dadurch den Himmel verdienen.

Dann fand mich *Achmed*, wie ihr bereits gehört habt". *Jakob* seufzte als er den Bericht fortsetzte. „Ich merkte nach den ersten Ereignissen und Gesprächen, dass ich einen Betrogenen vor mir hatte. Was sollte ich diesem Mörder sagen?" *Jakob* schwieg eine Weile, um dann fortzufahren: „Wir beide sind nicht angekommen wo wir wollten. Wir hatten uns irgendwie geirrt. Schon gar nicht wollten wir uns im Düsterwald begegnen. Jeder hätte lieber den anderen in der Hölle gesehen als ihn an diesem seltsamen Ort zu treffen. Doch ich denke, dass wir nur einen Gott haben und es nicht ohne seinen Willen geschah, dass wir uns im Wald begegneten. Schließlich sind wir zusammen dem Düsterwald entronnen und an diesen angenehmen Ort gekommen."

Nach einer Weile verlegener Stille kam die schöne in sich gekehrte Frau zur Wort. Sie stand auf, als sie sich kurz vorstellte.

„Mein Name ist *Lucy Godo*. In England wurde ich geboren und habe dort meine Jugendzeit verbracht. Schon als Kind hatte ich eine Vorliebe für Theateraufführungen. Später besuchte ich eine Schauspielerschule. Der Beruf des Schauspielers setzt hohes Können und große Disziplin voraus und ich musste hart an mir arbeiten. Schließlich entwickelte ich mich relativ gut und wurde ein erfolgreicher Filmstar, aber dieser Job bestand nicht nur aus guten Darstellungen vor der Kamera. Zwei Tage vor meinem 29. Geburtstag begann ich in Paris Selbstmord. In meinem Appartement, in dem ich mit meinem Freund lebte, habe ich mich erhängt. Damit hatte ich die Schauspielerei in meinem Leben abgebrochen und eingestanden, dass ich dem Milieuzwang dieses Berufes und dem damit verbundenen Lebensstil nicht gewachsen war. Diese letzte Rolle war wohl die ehrlichste, die ich in meinem Leben gespielt habe". *Lucys* Gesicht war schmerzverzerrt als sie weiter sprach: „Danach fand ich mich in einer Felsenwüste wieder. In mir war es finster. Ich hatte den Eindruck, als ob ich in einem Albtraum versunken wäre. Immer wieder stürmten dunkle Einhörner auf mich zu, um mich aufzuspießen. Wohin ich auch flüchtete, wieder und wieder rannten die furchtbaren Ungeheuer gegen mich an. Gerade als so ein schreckliches Biest mir bedrohlich nahe kam, schrie ich auf. In dem Moment wurde ich aus dieser grauenhaften Szene gerissen. Jemand reichte mir eine Flasche Wasser und bat mich daraus zu trinken. Es war eine Frau die neben mir stand, sie strich mir sanft über mein Haar und sagte: *„Lucy, du musst heraus aus dem Land der Verzweiflung. Du hast zwar dein Leben weggeworfen, aber es ist noch nicht verloren – das eigentliche Leben liegt noch vor dir".* Sie nahm mich bei der Hand und führte mich in diese Oase hier. Es war Schwester *Edith*, die mich aus meiner Wüste holte".

Damit setzte sich *Lucy* und Schwester *Edith* kommentierte: „Mit solch einem tragischem Erlebnis steht *Lucy* nicht allein. Kein Erdenbewohner ist vor Verzweiflungsschritten gefeit. Es gibt viele dramatische Schicksale, die wir hier aufzufangen haben. Wir werden später einmal einen Abstecher in verschiedene Wüstenregionen machen, damit ihr eine Vorstellung davon bekommt, was sich dort abspielt. *Lucy* war zweifelsohne ein Kind eurer Welt, aber auch eine Tochter des Lichts, davon zeugt ihr Name. Sie hat vergessen, oder es wurde ihr nie bewusst, dass sie eine Ewigkeitsperspektive hat. Unbewusst hat sie unter der Unmoral ihrer Umgebung gelitten. Ihr Suizid zeigt die Problematik der einseitigen Beschränkung auf die Diesseitigkeit. In schwierigen Lagen zeigt sie oft keinen Ausweg, weil sie keine echte Perspektive hat. Es mag sein, dass auch die einseitige Konzentration auf ein Jenseits kritisch ist. Ihr hattet auf Erden eure Verpflichtungen und solltet euch für die Bedürfnisse einer notvollen Welt einsetzen. Um vorausschauend zu handeln, muss man sich jedoch seiner Endlichkeit bewusst sein. Der Boden wird jedem Erdenbürger irgendwann unter den Füßen weggezogen, seine Zeit vergeht überraschend schnell. Schaut euch an, ihr seid alle nicht alt geworden, ihr starbt schon, als ihr lebtet kaum."

Innerlich nickte *Sophia*. Sie war die jüngste in der Runde. Die Zeugnisse ihrer Vorredner hatten sie innerlich bewegt. Was für schreckliche Schicksale – und alle so grundverschieden. Wo soll das mit uns hinlaufen, sinnierte sie. Doch dann stand sie auf und erzählte ihre einfache Geschichte.

Als sie geendet hatte, sagte Schwester *Edith*: „Ihr habt nun den Tag vollends frei. Auch sonst findet der Unterricht in der Regel nur vormittags statt, damit ihr hier wirklich zur Ruhe und Besinnung kommt. Morgen, ab 9 Uhr, ist aber erst einmal eine Fragestunde, da könnt ihr *Urusedek* ausquetschen, über das, was euch bewegt und über das was sich sonst zwischen Himmel und Erde abspielt. Er hat mehr Hintergrundwissen als jeder andere hier."

4 Unterweisungen

Am nächsten Morgen trafen alle Fünf pünktlich im Besprechungsraum *Himmelsblick* ein – nur Schwester *Edith* fehlte. *Urusedek* grüßte in die Runde und sagte: „Am Anfang haben wir einen Frage- und Antworttag. Ihr seid nun bereits einen Tag in der *Oase* und habt vielleicht über eure Situation schon etwas nachgedacht. Wenn euch etwas auf der Seele liegt, was dieses Land oder eure Vergangenheit bzw. Zukunft betrifft, dann lasst es mich wissen. Im Übrigen haben wir im ersten Stock eine große Bibliothek mit den wichtigsten Büchern der Weltliteratur, da könnt ihr sowohl bei Tag wie in der Nacht studieren. Aber nun könnt ihr erst einmal fragen".

Jakob machte den Anfang: „Meister, wir haben ein Vierteljahr im Düsterwald zugebracht und nie ein Lebewesen gesehen. Sind wir die einzigen hier? Es müssten doch täglich jede Menge Leute von der Erde ankommen." *Urusedek* nickte zustimmend mit dem Kopf: „Oh ja, täglich kommen zwischen 250- bis 300-tausend Menschen ins Totenreich. Aber das Totenreich ist groß und nur wenige von ihnen beginnen ihren Aufenthalt in einem der Wüstengebiete. Dennoch, auch in diesem Wald halten sich Tausende auf, bis sie zu ihren Einweisungsstationen stoßen. Ihr habt selbst bemerkt, dass dieser Wald gewaltige Ausmaße hat, so dass ihr euch einsam und verlassen vorgekommen seid." „Aber", wandte *Achmed* ein: „Warum lässt man die Leute erst umherirren bevor man ihnen klaren Wein einschenkt?" *Urusedek* sah *Achmed* an: „Nun, wenn du gleich zu mir gekommen wärest, hätte ich mir einiges an erbitterten Klagen anhören müssen, und auf irgendwelche Erläuterungen wärest du nicht ansprechbar gewesen. So konntest du im stummen Wald deinen Frust abbauen. Dieser Wald ist für die religiösen und ideologischen Fanatiker bestimmt, in ihm klingen ihre Wahnvorstellungen ab. Danach sind sie für die Wirklichkeit besser ansprechbar."

Nun fragte *Jakob* weiter: „Kommen die jetzt noch Umherirrenden alle zu dir?" *Urusedek* erwiderte lachend: „Nein, es gibt noch hunderte Unterweisungsstationen in diesem Waldland, alle irgendwie anders, denn auch unsere Klienten kommen aus den unterschiedlichsten Verhältnissen. Ich habe erst einmal mit euch genug zu tun. Vielleicht stößt während des Kurses noch der eine oder die andere zu uns. Die Verhältnisse im Düsterwald sind aber nicht symptomatisch für das Totenreich insgesamt. Die vielen Kinder, die z. B. täglich ankommen, werden direkt in Schulzentren untergebracht. Die „gewöhnlichen Bürger" dagegen kommen erst einmal in Auffangstädte und erhalten dort eine Einführung in die Welt der Toten. Danach, je nach ihrer irdischen Vergangenheit, werden sie in eine für ihre weitere Entwicklung geeignete Region versetzt."

Danach meldet sich *Sophia* zu Wort: *„Professor Urusedek,* wer ist denn hier eigentlich tot? Sie sprechen ständig von der Welt der Toten. *Schwester Edith,* mit der ich mich am Anfang unterhalten habe, meinte, wir sind nicht tot, sonst könnten wir uns ja gar nicht miteinander unterhalten. Als Medizinstudentin wurde mir beigebracht, dass ein Mensch tot ist wenn kein Gehirnstrom mehr fließt. Tatsache aber ist, dass ich hier besser denken kann als je zuvor. Was ist denn eigentlich Sache, sind wir jetzt tot oder lebendig?" „Ja, dass du noch denken kannst, das merke ich", erwiderte *Urusedek* schmunzelnd. „Das ‚*Sie'* kannst du aber weglassen. Wir reden uns hier alle mit ‚Du' an. Selbst Gott wird mit ‚Du' angesprochen. Wenn es dir gefällt, kannst du aber den *Professor* beibehalten, schließlich bin ich als Lehrer hier tätig. Deine Frage ist aber durchaus berechtigt, denn mit dem Begriff ‚Tod' verbinden sich unterschiedliche Vorstellungen. Für den Erdenmenschen ist es die Katastrophe schlechthin. *Goethe,* einer eurer Dichter, hat dagegen geschrieben: *Kein Wesen kann zu Nichts zerfallen! Das Ewige regt sich fort in allen.* Das ist richtig. Kein Sein hört endgültig auf, es wandelt sich nur. Ihr seid lediglich vom ersten Raum in den nächsten geschritten und habt dabei euer irdisches Kleid abgelegt."

Sophia nickte verstehend mit dem Kopf und wagte eine weitere Frage zu stellen: „Warum ist aber die Aufenthaltsdauer im ersten Raum so unterschiedlich? Manche werden da herausgerissen, bevor ihr Leben erst richtig begonnen hat." „Du denkst dabei an dein Schicksal", bemerkte *Urusedek* ernst. „Ja, wenn z. B. Eltern vor den Gräbern ihrer Kinder stehen, wird diese Heimsuchung oft heftig hinterfragt. Es ist nicht so einfach dies jetzt auf die Schnelle zu erklären. Ich will es aber dennoch versuchen, auch wenn ihr es momentan noch nicht versteht. Grundsätzlich haben Krankheiten, Unfälle, Katastrophen, Kriege und dergleichen, die oft zum vorzeitigen Sterben führen, mit der Trennung von Gott zu tun. Trennung von Gott führt grundsätzlich zum Zerfall und zum Tod. Dass dieser nicht sofort und umfassend eintritt, wird durch den Einsatz der stellvertretenden Opfer verhindert. Etliche müssen sterben, damit das Kollektiv überlebt. Ihr sprecht ja selbst von Unfallopfern, Verkehrsopfern oder Kriegsopfern. Die Opfer zeigen allen Überlebenden, was sie eigentlich erleiden müssten. Nebenbei bemerkt: sie sind auch ein Hinweis auf das Opfer Christi[3], das den gottfernen Zustand beenden wird und damit die Opfernotwendigkeit für immer beseitigt. Euer gesamtes Erdendasein wird in allen Bereichen nur durch Opfer ermöglicht." *Sophia* wollte dagegen aufbegehren, doch *Urusedek* kam ihr zuvor. „Ich weiß *Sophia*, was du jetzt sagen willst: 'Warum aber ausgerechnet ich? Mich hat niemand gefragt ob ich mich opfern will!' Damit sprichst du die Auswahlkriterien an. Sie sind in jedem Fall anders. Aber zu deinem Fall kann ich sagen: Wir brauchen dich jetzt hier! Wir brauchen einerseits in der neuen Welt Menschen, die in den Konflikten der Welt tief verwickelt waren, die mit allen Wassern gewaschen wurden, die in das Herz der Finsternis schauten und die dadurch Gut und Böse unterscheiden lernten. Wir brauchen andererseits aber auch Menschen die unbescholten blieben und noch das Charisma ihrer Seelenreinheit haben. Das ist der Grund, *Sophia,* warum wir dich holten. Gott macht keinen Fehler." Nach einer Pause fügte *Urusedek* leise, fast mahnend, hinzu: „Wenn du einmal großen Erfolg haben wirst, dann lass ihn dir nicht in den Kopf steigen. Wir Engel wissen aus bitterer Erfahrung um die Folgen." Völlig perplex starrte *Sophia Urusedek* an und verstummte. Erst viel später - nach ihrer ersten persönlichen Begegnung mit Gott - wurde ihr klar was *Urusedek* meinte.

Nach einer Weile des Schweigens wagte *Achmed* dann eine neue Frage zu stellen: „Wer eigentlich steuert den gesamten Betrieb in dieser komplexen Totenwelt? Sind es Engel wie du? Da muss doch eine umfassende planende und regulierende Hierarchie dahinter stecken und an oberster Stelle müsste einer das Sagen haben." *Urusedek* blickte nachdenklich in die Ferne. Es schien, als ob sich ein trauriger Zug um seine

---

[3] Christus = Menschensohn = größter Sohn der Menschheit

Mundwinkel bildete. Endlich antwortete er: „Im Unterricht werdet ihr später darüber mehr hören. Doch vorerst einmal soviel: Früher hatten wir hier das Sagen. Nun aber haben befähigte und geläuterte Menschen das Regiment übernommen. Wir sind nur noch ihre Erfüllungsgehilfen, wie auch in diesem Haus. Schwester *Edith* ist hier die Chefin und ich bin lediglich Angestellter. Das oberste Gremium in dieser Welt bildet der Rat der Weisen. Die Engel haben ein paar Sitze darin, den Vorsitz aber hat der „Menschensohn". Eine beispiellose und unbegreifliche Person! Ihr werdet noch mehr von ihr hören. Sein Auftreten und Verhalten hat meine Heimat, also die Engelswelt, bis ins Innerste erschüttert."

Urusedek schien plötzlich der Unterhaltung müde geworden zu sein. „Ihr habt mit dieser Frage gleich etwas sehr gravierendes angesprochen", äußerte er und schloss die Versammlung. „Am Nachmittag könnt ihr zusammen einen Erkundungsgang in die nähere Umgebung machen. Ich selber habe am Schreibtisch noch einiges zu tun und muss mit *Schwester Edith* zusammen einen Bericht über eure Ankunft zu schreiben. Unsere Bezirksverwaltung wartet darauf. Morgen um 9 Uhr werden wir mit dem regulären Unterricht beginnen."

Den Schülern war diese Wendung nicht unangenehm. Gestern hatte jeder für sich schon den großen Park erkundet. Für heute beschlossen sie zusammen zum Fluss zu marschieren. Nichts wünschten sie sich sehnlicher als ihren Aufenthaltsort genauer unter die Lupe zu nehmen. Nach einer Mittagspause marschierten sie los. Als sie den idyllisch angelegten Park durchliefen, meinte *Achmed* zu *Jakob*: „Ist doch gut, dass dieser Alien[4] uns nicht einsperrt sondern frei herumlaufen lässt. Die Zeit an diesem Ort wird wahrscheinlich für uns nicht unangenehm, zumindest ist die Gegend wunderschön." „Ja, die Landschaft ist herrlich", stimmte *Jakob* zu, „sie hat aber auch etwas Geheimnisvolles oder Hintergründiges an sich. Ich habe

---

[4] Alien = Außerirdischer = Engel

das Gefühl, dass unser hiesiger Aufenthalt kein reiner Erholungsurlaub werden wird."

Bei ihrem Gang zum Fluss fühlten sie sich jedoch leicht und beschwingt, so dass sie anfingen wie Kinder zu springen und zu hüpfen, immer dem Gewässer zu. Am ruhig dahin fließenden Strom blieben sie lange stehen und starrten in das unergründliche Wasser. Magisch zog es sie an, so dass sie nur mit Mühe den Blick abwenden konnten. Irgendein Geheimnis schien der Strom zu bergen. Vielleicht lag auf tiefstem Grund ein Schatz verborgen? Nachdenklich gingen sie am Ufer entlang. An der gegenüberliegenden Seite erstreckten sich blumenreiche Wiesen und dahinter ragten bewaldete Berge in die Höhe. Plötzlich stutzte *Achmed*. Sein Blick ruhte auf dem mächtigen Berggipfel, der aus der Bergkette in den Himmel stieg. Mit dem Finger deutete er darauf und rief: „Da steht ja ein Gebäude auf der Bergspitze!" Nun sahen es auch die anderen. Aus dem Felsengestein ragte ein mächtiges Gebäude mit Türmen und Zinnen. Es mutete an wie eine mittelalterliches Schloss. „Was mag das sein?", murmelte *Jakob*. „Wer hat das gebaut und welchem Zweck soll es dienen oder gedient haben?" *Sophia* erwiderte: „von meinem Zimmerfenster kann ich eine Burg sehen, die auf der Bergkette zur anderen Seite liegt, vielleicht dürfen wir da einmal hinaufsteigen, die liegt nicht soweit weg wie diese hier. Aber kommt, lasst uns weitergehen, damit wir heute noch zurückkommen."

Am anderen Morgen wurde *Sophia* von überirdischer Musik geweckt. Ihre Tonfülle berührte sie im Innersten. Nach den trostlosen Tagen im Krankenhaus fand sie den Klang berauschend schön. Die Musik kam von oben, aber nirgends war ein Lautsprecher zu sehen. Tiefe Sehnsucht stieg in ihr hoch, Sehnsucht nach etwas völlig Unbekanntem und gleichzeitig heimatlich Vertrautem. Sie bedauerte es sehr, als die Melodie verklang. Auf dem Weg zum *Himmelsblick* bemerkte sie vor sich *Jakob*, der sich mit *Achmed* unterhielt: „Ist doch ganz schön praktisch, dass wir einen Geist-Leib haben." Was meinst du damit", erwiderte *Achmed* gähnend. „Nun wir brauchen uns nicht waschen oder die Zähne putzen. Die Kleider sind Teil unserer Gestalt, wir brauchen sie nie an- oder ausziehen. Uns friert auch nicht, nie ist es uns zu warm. Wir brauchen nichts zu trinken auch niemals zur Toilette zu gehen. Keine Knochen tun weh und wahrscheinlich wird uns auch keine Krankheit anfallen. Das ist alles effektiv und spart ordentlich Zeit." „Ach ja", rief *Achmed* „darüber habe ich mir noch gar keine Gedanken gemacht. Du hast aber recht, drei Monate bin ich schon so herum gelaufen und jetzt wird dieser Umstand mir erst so recht bewusst. ..., so also ist es, wenn man tot ist."

Nach einer Weile saßen sie alle wieder im Raum *Himmelsblick*. Die Tür wurde aufgetan und *Urusedek* grüßte sie mit „Der Tag sei mit euch!" Dann fragte *Urusedek*: „Na, wie war es bei eurer Tour?" *Achmed* fing gleich an ausführlich zu erzählen und fragte zwischendurch: „Meister, wir bemerkten, dass auf den Bergen rechts- und linksseitig des Stromes Gebäude stehen. Was sind das für Bauwerke? Wohnt dort jemand?" „Das sind die Schlösser der Vergangenheit", erwiderte *Urusedek* prompt, „ehemalige Ausbildungsstätten. Im 12. Jahrhundert hatten wir dort regen Betrieb. Bis zu hundert Neuzugänge hatte ich jährlich dort ins Totenreich einzuführen." „Was? du warst schon damals an diesen Orten tätig!", rief *Jakob* erstaunt aus. „Na klar, seinerzeit hatte ich noch zwei Gehilfen. Wir betreuten in diesen Burgen hauptsächlich fanatische Kreuzritter, die zu Lebzeiten glaubten, sie bekämen ihre Sünden erlassen, wenn sie einem Muselmann den Schädel spalteten. Heute stehen die Gebäude leer. Der militante Fanatismus ist in der Christenheit so gut wie nicht mehr vorhanden. Derartige Kunden kommen nun hauptsächlich aus dem Islam und die erhalten nicht in Burgen ihre Ersteinweisung." In *Achmed* rang es sichtlich. Er schien etwas sagen zu wollen, schließlich schluckte er es hinunter. Stattdessen fragte *Jakob*: „Dürfen wir einmal eine Burg besteigen?" „Natürlich, vielleicht schon in der nächsten Woche. Wenn ihr im Unterricht gut aufpasst und eure Lektionen lernt, werde ich mit euch hinauf klettern", versprach *Urusedek.*

Dann begann *Urusedek* mit dem regulären Unterricht: „Wir wollen uns als erstes mit dem Land beschäftigen in dem ihr jetzt seid. Wiewohl der Planet Erde vor dem Totenreich da war und meine Ausführungen sich damit nicht an die historische Reihenfolge halten, so will ich doch damit beginnen, weil dies nun eure jetzige Umgebung ist. Vor Beginn der Zeiten gab es noch kein Totenreich. Erst mit Beginn der Menschheitsgeschichte musste dieser Auffangraum eingerichtet werden. Wieso es zu dieser Notwendigkeit kam, davon werdet ihr später erfahren. Das Totenreich ist ein weites Land. Es bekommt täglich, wie bereits erwähnt, einen Zuwachs von 250- bis 300-tausend Personen. Wie ihr schon bemerkt habt, gibt es auch hier einen Tagesablauf und die Zeit ist mit der Erdenzeit gekoppelt. Wenn die Erde und das derzeitige Universum untergehen, wird auch das Totenreich wieder aufgelöst. Alles in dieser Geisterregion ist, wie auf eurem Geburtsplanet, vergänglich.

Vielleicht fragt ihr jetzt: Was soll dieser Existenzraum, in der man wiederum keine bleibende Stätte hat, sondern nur Gast und Fremdling ist? Nun, Erde und Totenreich sind eine Einheit. Sie ergänzen sich und haben gemeinsam die Aufgabe den Menschen auf die neue Schöpfung und seine eigentliche Bestimmung vorzubereiten. Der Gattung Mensch ist damit ein zweistufiges Praktikum verordnet. Die Erdenzeit kann in den wenigsten Fällen leisten was als Grundausbildung für den Menschen gefordert wird. Von der Anlagenvielfalt ist zwar euer Planet einzigartig, aber nur wenige Menschen können ihr Ausbildungsziel dort voll erreichen". Nach einer kurzen Pause fuhr *Urusedek* fort: „Es gibt viele Menschen die sterben im Kindesalter. Ihr seid in jungen Jahren gestorben. Viele Männer fielen in Kriegen. Sie alle haben die Vollzahl ihrer Tage nicht erlebt. Andere lebten als Sklaven, verhungerten, erkrankten, verunglückten oder wurden zu Tode geschunden. Dagegen gab es welche die lebten in Saus und Braus auf Kosten von Anderen. Nicht wenige vegetierten im Irrtum, Wahn oder Verblendung. Kurzum, die meisten Erdbewohner haben ein kurzes oder einseitiges Leben und bekommen nicht alle Lern-Aspekte in ihrem Praktikum mit. Das Totenreich ist eine notwendige Ergänzung zu den unterschiedlichen und oft auch ungerechten Erdentagen. Das wird zwar selten so gesehen, doch ich denke ihr werdet es noch erkennen." *Sophia* erhob ihre Hand: „Professor, ist es gestattet eine Zwischenfrage zu stellen?" „Selbstverständlich! Ihr seid nur zu viert, so dass wir jederzeit ins Gespräch kommen können, dann wird die Sache nicht so ermüdend." *Sophia* räusperte sich: „Also, du sprichst immer von Ausbildung oder Praktikum. Zu was sollen denn die irdischen Lehrjahre dienen oder zu was sollen wir denn ausgebildet werden? Ich habe immer gedacht, das Leben auf Erden ist ein einmaliges Geschenk, das es voll auszukosten gilt. Lebt man gut, dann gibt es im Jenseits eine Belohnung. Ist man böse, bekommt man eine entsprechende Strafe. Grundsätzlich ist aber das irdische Dasein das eigentliche. Du aber sprichst so, als wäre dies nur eine Vorstufe."

„Keine unwichtige Bemerkung", nickte *Urusedek* anerkennend. „Ihr sollt einmal Ewigkeitsfürsten werden, das ist das Ziel eurer Ausbildung! Die Erdenzeit ist lediglich die erste Vorstufe dazu. Bis ihr euer Ausbildungsziel erreicht habt, falls ihr es überhaupt erreicht oder erreichen wollt, wird es Äonen dauern. Auf der Erde, wie auch in der Geisterwelt, geht es erstmal darum Gut und Böse zu unterscheiden und durch (meist bittere) Erfahrungen klug zu werden. Die Menschen sollen nicht naive und unschuldige Kinder bleiben, sondern durch Widerwärtigkeiten und Kämpfe weise und immun gegen Verführungen werden. In manchen religiösen Kreisen geht zwar die Tendenz dahin, dass die Menschen geistliche Kleinkinder bleiben sollen. Vertrauensvoll, gehorsam, ohne nachzufragen und nachzudenken, sollen sie vorgegebene Wege befolgen und eigenständige Handlungen vermeiden. Dies ist eine krankhafte Vorstellung. Kein halbwegs vernünftiger irdischer Vater würde wollen, dass sein Nachwuchs im Görenalter hängen bleibt. Die Kinder sollen wachsen und mündig werden, um einmal in Augenhöhe mit ihrem Vater zu leben. Deswegen wurde ihnen teilweise die zärtliche Fürsorge entzogen, damit sie in der Fremde, mitten zwischen Gut und Böse, ihre Erlebnisse sammeln – und ihre Erfahrungen machen. Das ist unbedingt notwendig für ihr künftiges Amt." *Jakob* und *Achmed* sahen sich erstaunt an, während *Lucy* traurig vor sich hinblickte. Das alles war ihnen fremd. *Achmed* fand als erster wieder Worte:

„Puh! Das muss ich erst einmal verdauen. Aber kann man denn hier in diesem Land alles nachholen was man auf Erden versäumt hat?" „Nicht alles! Doch es schafft einen gewissen Ausgleich und eine Ergänzung. Wer auf Erden müßig ging, wird hier das Arbeiten lernen. Wer gequält oder geplagt wurde, darf hier Zeiten der Erholung und Erquickung erleben. Wer unermüdlich gewirkt hatte, darf ruhen von seinen Werken. Wer in Blindheit und Wahn durch die Zeit stolperte, darf in diesem Reich auf den Boden der Wirklichkeit zurück finden. Doch für heute genug. Ihr braucht Zeit zum Überlegen und auch um euch darüber auszutauschen. Heute Nachmittag könnt ihr einmal die Bibliothek besichtigen und in die Bücher hineinschauen, die dort liegen. Jederzeit könnt ihr sie nehmen und darin lesen. Doch vergesst nicht, sie wieder zurück zu legen, denn nach euch werden noch andere kommen, die darin studieren wollen. Morgen werden wir uns dann mit der Struktur unserer vielseitigen Zwischenwelt beschäftigen."

Nach dem Unterricht machten die Schüler erst einmal ein Nickerchen. Als *Sophia* davon erwachte, schlenderte sie zu der Bibliothek. Sie trat ein und stellte fest, dass es ein großer Saal war, an dessen Wänden, ausgenommen der Fensterfront, hohe Bücherregale standen. Sie bemerkte gleich, dass *Achmed* und *Jakob* schon da waren. Sie saßen an einem der zahlreichen Tische. *Lucy* fehlte. Die beiden nickten ihr zu und erhoben sich. Neugierig traten sie an die mit Büchern ausgefüllten Regale. Sie fanden bekannte Werke der Weltliteratur. Schriftsteller wie Goethe, Schiller, Dante, Tolkien, Tolstoi oder Dostojewski waren darunter. Dann auch Bände mit ihnen unbekannten Autoren über „Die Schöpfung der Welt", „Menschheitsgeschichte in 6 Bänden" oder „Aliens, Engel und Dämonen". Zu ihrer Verwunderung konnten sie die Titel und die Inhalte lesen. Die irdische Sprachverwirrung war hier offensichtlich aufgehoben. In der Totenwelt schien es nur eine Schrift- und Verständigungssprache zu geben. Sie hatte eine Ähnlichkeit mit dem Englischen, war aber klarer und einfacher. Auf einmal stieß *Jakob* einen Freudenschrei aus. Er hatte ein Buch entdeckt, in dem die Tora, die 5 Bücher Mose, enthalten waren. Dieses Gesetzbuch war sein wertvollster Besitz auf Erden. Im Düsterwald hatte er es sehr vermisst. Doch jetzt hatte er einen Ersatz gefunden. Ein Buch, das nicht nur die Tora enthielt, sondern dazu noch viele andere Schriften von Propheten und anderen Verfassern. Glücklich zog *Jakob* es aus dem Regal. *Achmed* dagegen interessierte sich für ein Büchlein mit dem Titel: „Das andere Universum" von einem unbekannten Schriftsteller. *Sophie* ließ prüfend ihren Blick über die vielen Bücher streifen, unschlüssig, welches sie als erstes lesen sollte. Schließlich zog sie das Buch eines deutschen Mediziners aus dem Regal, mit dem Titel: „Sterben – der Höhepunkt des Lebens". Bewaffnet mit dem Buch ihrer Wahl, gingen nun alle drei in den Park und ließen sich auf einer Sitzgruppe unter einem mächtigen Laubbaum nieder. Dort lasen sie bis zum Abend.

5 Mach Frieden mit Deiner Vergangenheit!

Die nächste Zeit wurde vorwiegend mit der Weiterbildung zugebracht. Vormittags wurden die einzelnen Regionen des Totenreiches mit ihren Einrichtungen und Bewohnern durchgenommen, entweder durch Schwester *Edith* oder *Urusedek*. *Sophia* fiel dabei auf, dass, wenn von der Engel Geschäfte die Rede war, meist Schwester *Edith* am Zuge war, ansonsten *Urusedek*. Nachmittag durchstreiften die Vier öfters gemeinsam das Gelände, wenn sie nicht gerade in einem Buch lasen. Trotz ihrer unterschiedlichen Schicksale und Persönlichkeiten begannen sie dabei nicht nur mit ihrer Umgebung vertrauter zu werden, sondern auch untereinander. Eines Nachmittags schlenderte *Sophia* allein durch den geräumigen Park, als sie auf einem kleinen Hügel einen Pavillon bemerkte, in dem eine Person zu sehen war. Sie ging näher hinzu und erkannte, dass dort *Lucy* an einem Tisch saß und schrieb. *Sophia* seufzte innerlich. Ihr war aufgefallen, dass *Lucy* die ganze Zeit nicht nur zurückhaltend war, sondern auch traurig wenn nicht gar leidend aussah. Vielleicht sollte sie mal allein mit ihr reden, so von Frau zu Frau.

Sie stieg zu dem von Rosen umgebenen Pavillon hinauf und grüßte: „Hallo *Lucy*, schön dich hier zu sehen. Ein wunderbares Plätzchen hast du dir ausgesucht." „Ja, ich zieh mich gerne hierher zurück um über mein Leben nachzudenken", erwiderte *Lucy*. *Sophia* fragte weiter: „Wie geht es dir dabei? Du siehst so aus, als ob dir was auf der Seele läge." „Das kann man wohl sagen, bei der Vorstellung habe ich nicht alles gesagt, aber die Erdenzeit holt mich hier ein." „Was ist es denn, was dich so bedrückt?" „Ach *Sophia*, sei froh, dass du nicht in so etwas hineingekommen bist. Ich hatte in meiner Zeit als Filmschauspielerin mit mehreren Männern ein Verhältnis. Einer war verheiratet und gerade von dem wurde ich schwanger. Ich ließ das Kind abtreiben und dachte, damit wird die Sache nicht publik. Doch mehr als der Ehebruch bedrückt mich jetzt die Tötung des ungeborenen Lebens. Ich weiß nicht, ob ich je damit fertig werde." *Sophia* antwortet spontan: „Ach, mach dir doch keinen so großen Kummer. Schau den *Achmed* an. Dieser Terrorist hat sich und 13 andere Menschen getötet. Meist waren es Familienväter, die Witwen und Kinder unversorgt hinterließen. Und jetzt läuft der hier quietschvergnügt herum. Dagegen sind doch deine Verfehlungen ein Papenstiel." „Hast du eine Ahnung. Schau was ich geschrieben habe", klagte *Lucy* und reichte Sophia den Zettel. Sophia las mit wachsender Bestürzung das Gedicht:

Ich kann meine Trauer nicht begraben um das ungeborene Kind.
Und mag auch Gott mir vergeben, ich vergebe mir nicht.
Es hat mich angerufen, es hat mich angefleht,
ich soll es kommen lassen, ich hab mich weggedreht.
Ich hätt' es sehen können, hätt' ich es sehen gewollt,
es war ja in mir entworfen, ich aber habe gegrollt.
Das schwere Recht der Freiheit hab ich für mich missbraucht.
Und habe mich für immer gefesselt, in Tiefen bin ich getaucht,
in Trauern bis zum Irrsinn, es brodelt noch neben mir,
die unsühnbare Sünde unterscheidet mich vom Tier.

Sophia schwieg bedrückt eine Weile. Ihr war klar, hier war sie überfordert, diese Erfahrung kannte sie nicht. Schließlich raffte sie sich auf und sagte: „Geh doch mal zur Schwester *Edith*, die kann dir sicher helfen. Sie kommt hier mit der gesamten Problematik des Erdenlebens in Berührung und kennt vermutlich auch entsprechende Heilungsmaßnahmen. Schließlich soll Schuld und Not der Welt hier nicht für ewig zementiert, sondern endgültig beseitigt werden." *Sophia* wunderte sich, wie sie so altklug daher redete, schließlich hatte sie keine Ahnung von dem was sie sagte. *Lucy* aber nickte mit dem Kopf und meinte: „Ich will es mal versuchen."

Als *Urusedek* wieder im Unterricht erschien fragte er: „Ich habe euch schon einiges über das Totenreich erzählt. Was ist die wesentliche Aufgabe dieses Reiches?" Wie aus der Pistole geschossen antwortete *Achmed*: „Dieses Reich dient zur Ergänzung des Erdenlebens und zur Vorbereitung auf die kommende Welt." „Gut!", erwiderte *Urusedek*. „Doch eines habe ich noch nicht betont. Am Ende von eurem Aufenthalt in den *Vereinigten Staaten des Todes*, wie ich dieses Reich mal nennen will, steht für jeden ein persönliches Gericht. Die Zeit hier soll auch genutzt werden, um Dinge aus der Erdenzeit so weit wie möglich zu bereinigen, damit sie nicht vor den Richterstuhl kommen. Offene Rechnungen aus der irdischen Lebenszeit warten hier auf ihre Begleichung." *Achmed* wurde fahl. Doch noch ehe er etwas sagen konnte, kündigte *Urusedek* an: „Morgen gehen wir zur *Burg der Vergangenheit*. Es wird ein Tagesausflug. Um 8 Uhr marschieren wir los." Die Freude dar-

über ließ *Achmed* die „offenen Rechnungen" wieder vergessen. Seit sie Burgen auf Bergesgipfeln erblickt hatten, war in
ihnen das Verlangen gewachsen, einmal so ein geheimnisvolles Bauwerk zu besichtigen.

Am nächsten Morgen marschierten sie los. Es ging zu der
Bergkette, die linksseitig zum Fluss lag, also zu der, die ihrem
Aufenthaltsort am nächsten lag. Als sie die Berge erreicht hatten, ging es stundenlang steil bergan. In Serpentinen schlän-
gelte sich der schmale Weg durch den Wald. Zeitweise war
der Boden von Wurzeln bedeckt, dann wieder vom Felsge-
stein. Doch allzu anstrengend empfanden sie den Aufstieg
nicht. Endlich ging es einmal woanders hin und alle waren voll
gespannter Erwartung, was sie oben auf dem Gipfel erwartete.
Nach zweieinhalb Stunden waren sie am Ziel – vor ihnen lag
die Burg. Sie fußte nicht direkt auf dem Gipfel, sondern auf
einem Absatz dahinter. Nur der Turm ragte über den Berg-
kamm, so dass man von der Flussseite den oberen Teil sehen
konnte. Die Gebäude waren von einer hohen Mauer umgeben,
in der sich ein großes Tor befand. Die Türflügel standen offen.
Die Wanderer traten andachtsvoll näher. Über den Torbogen
prangte eine Inschrift mit lateinischen Lettern. Wortlos gingen
sie hindurch. Im Innern befand sich der hohe Turm, dessen
Spitze *Sophia* schon von ihrem Zimmer aus bemerkt hatte. Er
hatte einen siebeneckigen Grundriss. An einer Mauerseite
stand das mächtige Hauptgebäude, das ab dem ersten Stock
hohe Fenster hatte und anscheinend den Rittersaal beher-
bergte. Zwei gegenüberliegende steinerne Treppen führten zu
einem Podest vor der Saaleingangstür. Vermutlich beinhaltete
das untere Stockwerk die Wirtschaftsräume. Gegenüber dem
Hauptgebäude, an der anderen Seite der Mauer, ragte ein
etwas niedrigeres Gebäude empor. Es hatte kleine viereckige
Öffnungen mit Fensterläden. Dieses, wie auch alle anderen
Bauwerke schienen noch gut erhalten. Der Zahn der Zeit hatte
offensichtlich nicht an ihnen genagt. In allem lag die gewohnte
Totenstille. Es schien, als wäre an diesem Ort die Zeit spurlos
vorüber gegangen.

Auf die Frage von *Jakob*, wer in dem Haus mit den Fensterläden untergebracht war, antwortete *Urusedek*: „Hier wohnten meine Studenten, die ehemaligen Ritter. Im Rittersaal fand damals der Unterricht statt. Von ihm hat man übrigens auch einen guten Blick in die Weite des Totenreiches. Doch jetzt wollen wir den Turm besteigen, von dort aus haben wir eine noch bessere Sicht." So kletterten alle Fünf die hölzerne Treppe empor, die sich im Turminnern hochwand. Oben auf der Turmzinne konnten sie zum ersten Mal rundum ins Land schauen. Die Sicht war gut. Auf der einen Seite sahen sie tief unten die Oase und den vertrauten Strom schimmern. Es war als ob er ihnen freundlich zulächelte. Blickten sie jedoch in die entgegen gesetzte Richtung, sahen sie Ackerland, Wiesen, Parkanlagen mit kleinen Seen, Flüsse, Dörfer und auch zwei Städte. Auf die erstaunten Blicke von *Achmed* und *Jakob* hin, erklärte *Urusedek*: „Ja, da unten wird gearbeitet. Da herrschen ähnliche Verhältnisse wie auf Erden. Wer im vergänglichen Leben nicht viel für andere getan hat, der darf es dort unten lernen." Alle schwiegen. Mit offenen Mündern starrten sie hinaus in die Weite. *Urusedek* fuhr fort: „Das Totenreich ist auch eine Zeitbrücke. Menschen die auf eurem Heimatplaneten durch Zeitepochen getrennt waren, die sich nie sehen oder sprechen konnten, treffen hier aufeinander und müssen es lernen miteinander auszukommen und eins zu werden." *Jakob* schüttelte den Kopf: „Daran habe ich nie gedacht, aber es ist logisch. Es kann nicht anders sein! Doch egal in welcher Zeit oder in welchem Land die Menschen früher lebten, sie werden nur eins werden, wenn sie sich in dem wahren und alleinigen Schöpfer finden." Nun hob *Urusedek* seinerseits erstaunt den Kopf und schaute verblüfft *Jakob* an. Dann sagte er leise: „Lasst uns wieder hinuntergehen."

Vom Burghof aus besichtigten sie noch die Gebäude und machten anschließend eine kleine Rast im Rittersaal, wobei sie durch die hohen Fenster ins weite Land hinausschauten. Ihre staunenden Gesichter schienen zu fragen: Das also ist das Totenreich! Was treiben die Einwohner hier, die aus den Aktivitäten der Erdenzeit gerissen wurden? Was fühlen und denken sie? Was ist aus all ihren Unternehmungen geworden, die sie so wichtig nahmen? Welche Zukunft haben sie nun?

Urusedek ließ sie eine geraume Zeit mit ihren Gedanken übers Land streifen. Dann sagte er: „Auch ihr werdet eines Tages dort draußen oder an anderen Stellen einige Zeit verbringen, dazu muss ich euch noch ein paar praktische Dinge beibringen. Wenn ihr in öde Gegenden kommt, kann es sein, dass ihr nichts zu essen findet oder euch niemand etwas gibt. Dann sollt ihr wissen, Essen ist im Tod nicht unbedingt notwendig. Ihr braucht zwar Energie für eure Handlungen, aber die könnt ihr auch ohne Speise direkt aus der Umgebung ziehen. Wie, das zeige ich euch noch. Dann kommt die Reiseproblematik. Das Totenreich mit seinen Bereichen ist ein sehr weites Reich und es gibt weder Autos noch Eisenbahn. Die Fortbewegung geschieht zu Fuß, oder mit Tieren, die es hier auch gibt. Um jedoch ferne Ziele zu erreichen, haben wir das Teleporting. Ihr seid bis zu eurer Umsetzung ins Neue Universum masselos und könnt euch mit Hilfe des Teleporting schnell von einem Ort zum anderen bewegen. Die Codes dafür werde ich euch noch geben. Dann geht es noch um Sprechverbindungen von Person zu Person. Auf Erden ist man auf diesem Gebiet ziemlich weit fortgeschritten. An fast allen Stellen, kann jeder mit jedem, mittels Handys Verbindung aufnehmen. Hier haben wir ein lückenloses Kommunikationsnetz, mit dem man über Gedanken mit jedem gewünschten Partner sprechen kann, sofern derselbe eine Verbindung zulässt. Auch das betreffende Verfahren dazu, das Telekomming, müsst ihr noch erlernen. Doch nun lasst uns gehen. Wir wollen zum Abend wieder in unserer Wohnstätte sein."

Als sie die Burg durch das große Eingangstor verließen, drehte sich *Achmed* noch einmal um. Er deutete auf die Inschrift über dem Torbogen und fragte: „Was steht da eigentlich geschrieben?" *Urusedek* übersetzte die lateinische Inschrift: „Mache Frieden mit deiner Vergangenheit, damit sie deine Zukunft nicht hindert." „... Frieden mit der Vergangenheit!", wiederholte Achmed tonlos. „Ich dachte, die vergangene Erdenzeit liegt endgültig hinter uns und wir brauchen uns nur noch um die Zukunft kümmern." Urusedek sah mit schmerzlichem Blick auf Achmed: „Du weißt, dass dies nicht stimmt. In diesem Reich existieren 13 Personen, die du mit in den Tod gerissen hast. Du hast ihr irdisches Leben zerstört. Sie sind voller Hass auf dich. Wenn sie könnten, würden sie dich erschlagen. Nun warten sie begierig auf den Tag des Gerichtes, wo sie dich verklagen können. Du solltest dich vorher mit ihnen versöhnen." „Was ..., was ..., ich soll zu diesen Ungläubigen gehen, um mich mit ihnen auszusöhnen?", stammelte entsetzt Achmed. Urusedek legte Achmed verständnisvoll die Hand auf die Schulter und sagte: „Ja, das solltest du! Ich weiß, man hat dich betrogen. Man hat dir das Paradies versprochen und stattdessen das Gericht gebracht. Der Weg ist nicht einfach, den du zugehen hast. Doch versuche es! Wenn es dir gelingt, mit nur ein paar Personen ins Reine zu kommen, ist schon viel gewonnen. Das andere muss wohl oder übel in einem Gerichtsverfahren abgewickelt werden. Ich werde dich auf deinem Weg so weit wie möglich unterstützen." Achmed war bei diesen Worten innerlich zusammengebrochen und weinte in sich hinein. Urusedek und die anderen drei gingen still und langsam weiter, hinterdrein lief wie ein geprügelter Hund Achmed. Sophia hatte die Unterredung mitbekommen und dachte: so quietschvergnügt sieht er nun doch nicht mehr aus, dagegen wirkt jetzt Lucy viel getroster, wahrscheinlich war sie bei Schwester Edith.

In den nächsten Wochen fanden Achmed und Jakob immer mehr gefallen an den Wanderungen. Lucy blieb meist daheim und las, während Sophia die nähere Umgebung durchstreifte. Die Wanderungen der beiden führten nun hauptsächlich durch die Wälder der Berge beidseitig des Stromes. Sie versuchten dabei, meistens in Gipfelnähe zu kommen. Doch die Nachmittage reichten nicht aus, um die Bergspitzen zu erklimmen.

Einmal hatten sie es probiert und kamen dabei erst nachts zur Oase zurück. Jeden siebten Tag hatten sie jedoch schulfrei. Den nutzten sie jetzt regelmäßig, um die Höhen ihres kleinen Reiches zu ersteigen. Vor allem versuchten sie, die alten Burgen und Schlösser zu finden, um dort in aller Ruhe die Räumlichkeiten zu erkunden. Sie nannten dies: *Reise in die Vergangenheit*. Doch auch die anderen Berge wurden erstiegen, hauptsächlich jedoch die, von denen man ins bewohnte Land schauen konnte. Eines Tages saßen beide wieder auf einem Gipfelfelsen, von wo aus sie einen guten Blick ins Totenreich hatten und schauten lange gedankenverloren übers Land. Auf einmal unterbrach *Jakob* die Stille: „Der Tod ist doch ganz anders, als ich es mir vorgestellt hatte. Nie hat mir jemand auf Erden gesagt, dass er so aussehen würde. *Urusedek* hat einmal mir gegenüber erwähnt, dass der Mensch nicht für den Tod bestimmt ist, sondern, dass der Tod für den Menschen da ist. Er meinte wohl damit, dass der Mensch nicht dem Tod gehört, sondern, dass der Tod den Menschen zu dienen hat."
„Ja", erwiderte *Achmed*, „allmählich begreife ich, dass das Totenreich eine notwendige Ergänzung zum Erdenleben darstellt. Wir nehmen so unvollkommen und verblendet unseren irdischen Abschied und sind in diesem Zustand noch zu nichts Rechtem zu gebrauchen."

Nach einer Weile des Schweigens seufzte er und sagte: „Du hast es gut!" „Warum soll ich es gut haben?" erwiderte *Jakob* und blickte fragend auf *Achmed*. „Wir haben es doch beide hier gut." „Nun, ich meine es im Bezug auf die Vergangenheit. Auf dir lasten keine Morde. Du hast keine Bindungen, die dich hier fesseln und die Seele schier erdrücken. Du hast keinen, der dich anklagt und ein *„Verdammt in alle Ewigkeit"* wünscht. In meinem Wahn wollte ich selbst dich noch umbringen. Kannst du mir vergeben? Ich elender Mensch, wie komme ich aus diesem Schlamassel wieder heraus?" *Jakob* streckte *Achmed* die Hand hin und sagte: „Ich hatte dir schon vergeben, als ich merkte, dass man dich um die Wahrheit betrog. Als du mir im Düsterwald die Steinplatte über den Kopf schlugst, spürte ich es nicht einmal und es hatte für mich keine Konsequenzen. Aber glaube nicht, dass ich ohne Bindungen hierher gekommen bin. Im Düsterwald habe ich oft an meine Frau und unsere drei Kinder gedacht. Auch frage ich mich manchmal noch mitten in der Nacht, wie werden sie jetzt wohl ohne mich zurechtkommen? Wenn ich dabei an den Attentäter denke, der mich mit einem Bulldozer unter die Kette genommen hat, dann kommt in mir Groll und Hass hoch. Ich weiß nicht, ob man ihn erschossen oder gefangen genommen hat, aber sollte ich ihn hier treffen, er würde nichts Gutes von mir hören. Du siehst, auch ich habe meine Bindungen – und ich habe das Gefühl, die werden mir nicht förderlich sein." *Achmed* schüttelte betrübt den Kopf: „Wie konnte nur so etwas auf unserer schönen Erde vorkommen. Ich selber muss wie im Wahn gehandelt haben. Aufrichtig war ich überzeugt, Allah einen Dienst zu erweisen. Maßgebende Leute hatten mich darin bestätigt und mir das Paradies versichert. Jetzt durchschaue ich diesen Betrug – aber zu spät; ich kann nichts mehr korrigieren. Auf mich wartet kein Paradies, sondern die Hölle. Wer aber hat mich letztlich so betrogen? Waren es Menschen oder stand hinter ihnen eine unsichtbare böse Kraft?" *Jakob* hatte auf diese Fragen keine Antwort. Von seiner jüdischen Religion her kannte er das *„Verdammt in alle Ewigkeit"*, und nach seinem Glauben waren Mörder und Ungläubige für immer verloren.

Am Abend dachte *Achmed* noch lange über das Gespräch mit *Jakob* nach. Endlich fiel er über seinen wirren Gedanken in einen schweren Traum. Er sah sich in einem großen Gerichtshof stehen. Ein Ankläger nach dem anderen trat auf und forderte seine Verdammnis. Endlich sprach der Richter sein Urteil. Es lautete: Verdammt in alle Ewigkeit! Gerichtsdiener kamen, banden ihn und warfen ihn in einen Abgrund. Da lag er nun verzweifelt und hoffnungslos. Nach einer Weile blickte er nach oben und sah einen hellen Schimmer. Am Rande des Abgrundes stand eine wunderschöne Jungfrau, die voll Erbarmen auf ihn herunter schaute. Mit überlangen Armen ergriff sie ihn und zog ihn wieder aus der Grube. Dann erlosch der Traum und *Achmed* schlief traumlos weiter.

Gleich am nächsten Tag fragten sie Schwester *Edith* im Unterricht, wieso es kommt, dass so viele Menschen, die eigentlich das Gute wollten und mit ihrer Glaubensüberzeugung vermeintlich eifrig Gott dienten, als Verbrecher im Totenreich ankommen und auf ein Verdammungsurteil warten. Schwester *Edith* antwortete: „Mit dieser Frage kommen wir zum nächsten Thema. Auf Erden wirkt ein mächtiger böser Geist, der Mensch und Tiere beeinflusst. Wir nennen ihn den *Fürsten dieser Welt*. Im Grunde ist er ein Artgenosse von *Urusedek,* allerdings mit anderen Vorzeichen, also ein gefallener Engel. Seine Taktik ist, im Hintergrund zu wirken. Durch ihn wurde die Menschheitsgeschichte mit Blut und Tränen geschrieben. Ihm macht es Spaß zu sehen, dass bei allen Miseren, die er verursacht, die Menschen stets die Schuld sich gegenseitig zuschieben. Er hat

> *die Macht, uns zu knechten, uns alle zu finden,*
> *ins Dunkel zu treiben und ewig zu binden!"*

„Das klingt ja nach Tolkien", rief *Jakob* aus. In der Bücherei habe ich einmal in dem Buch *„Der Herr der Ringe"* geblättert und auf der Rückseite stand dieser Vers." „Ja, das ist richtig" erwiderte Schwester *Edith* anerkennend. „Tolkien war einer, der durchblickte und aus seiner Erkenntnis heraus hat er die Anregungen für seinen berühmten Roman geholt. Diese dunkle Macht, die Menschen bindet, gibt es tatsächlich. Die Aufgabe des Totenreiches und vor allem des Gerichtes ist es, diese Bindungen aufzubrechen. Gelingt dies nicht, so ist der Mensch an seiner Bestimmung gescheitert. Leider kommt dies vor.

6 In der Unterwelt

Als *Urusedek* wieder einmal mit der Vorlesung dran war, wagte *Sophia* ihm folgende Frage zu stellen: „Professor, du hast erwähnt, dass der Präsident oder der Menschensohn, wie er sich auch nennt, hier seine Leute ausbildet, um mit ihnen in der kommenden Welt zu herrschen. Aber wenn er nicht mehr da ist, wie kann er sie dann ausbilden? Und wenn es doch geschieht, wo sind denn diese Leute?" *Urusedek* lachte: „Du denkst mit, *Sophia*. Dies ist eine berechtigte Frage. Wir haben im Totenreich ganze Landstriche mit Universitäten, in denen alle erforderlichen Fachbereiche studiert werden können. Die Ausbildung geschieht auch praktisch, all die Angestellten in den verschiedensten Ämtern erwerben sich durch die Ausübung ihrer Tätigkeit hier auch Fähigkeiten, die sie später in der neuen Welt benötigen. Also: *learning by doing*".

Die Zubereitung der Avantgarde geschieht aber auch noch in anderer Weise. Die betreffenden Personen durchlaufen hier oft auch eine Läuterungsschule, das sogenannte Purgatorium, falls sie während ihrer Erdenzeit noch nicht auf den erforderlichen Qualifikationsstandard gekommen sind. Nach einem Beurteilungsgespräch wird eine zielgerichtete Ausbildung vorgeschlagen, die meistens Studium und Praktikum beinhaltet. Ausbildungsziel ist erst einmal Qualifikationen für Führungsfunktionen zu erlangen, um später Aufgaben in der Neuen Welt zu übernehmen. Nach dem Totenreich kommen noch weitergehende und anspruchsvollere Schulungsmaßnahmen dazu. An Ausbildung wird bei eurer Spezies wahrhaftig nicht gespart. Dann noch zu deiner anderen Frage, *Sophia*, wo *sind denn diese Auserwählten anzutreffen*? Nun, morgen werdet ihr welche sehen und vielleicht auch jemanden sprechen." „Was, in dieser Bergoase sind auch welche!?", riefen *Achmed* und *Jakob* wie aus einem Mund. Und *Achmed* setzte hinzu: „Ich habe aber noch keinen gesehen." „Morgen früh werden wir sie aufsuchen", erwiderte *Urusedek* ruhig.

Am anderen Tag gingen die Fünf miteinander los. *Urusedek* hatte einen weißen Stock in der Hand und seine Schüler waren voll gespannter Erwartung, was oder wer ihnen wohl heute begegnen mochte. Nach einem Waldmarsch von einer halben Stunde, kamen sie vor eine Felswand, die wie ein Tor aussah. *Achmed* und *Jakob* sahen sich einander vielsagend an, ja davor hatten sie schon einmal gestanden und überlegt was diese senkrechte und glatte Felsenwand wohl bedeuten mochte. Sie kamen damals zu keinem Entschluss und maßen dem Ort keine weitere Bedeutung zu. Jetzt blickten sie erwartungsvoll zu *Urusedek*, der mit prüfendem Blick vor der markanten Felsenwand stand. Nach einer Gedenkminute, oder war es ein stilles Gebet, hob er die Hand und schlug mit dem Stock gegen den Felsen. Zur Überraschung seiner Lehrlinge bildeten sich, deutlich erkennbar, Umrisse eines Torspaltes heraus. Eine große Tür mit einem Torbogen war zu erkennen. Nun schlug der Lehrmeister nochmals gegen den Stein und über dem Torbogen wurde eine Inschrift sichtbar. *Sophia* und die anderen konnten sie gut lesen. Sie lautete: *Komm herein, das Feuer macht dich rein!* Wieder erhob *Urusedek* seinen Stab und schlug zum dritten Mal gegen den Felsen. Erschrocken sahen seine Begleiter, wie sich nun das Tor lautlos nach innen öffnete. Ein breiter düsterer Tunnel lag vor ihnen, der vom Ende her durch einen flackernden Feuerschein etwas erleuchtet wurde. „Kommt lasst uns hineingehen", sagte *Urusedek* zu seinen Schülern. Nichts Gutes ahnend, marschierten sie ihrem Lehrer hinterher.

Etwa fünfhundert Meter war der Gang lang, dann spaltete er sich. In beiden Weiterführungen sah man Flammen und Rauch hochlodern. Cirka 50 Meter vor der Abzweigung befand sich eine Tür auf der rechten Seite des Tunnelganges, die *Urusedek* öffnete. Sie kamen in einen hellen hohen Raum. Auf die verblüfften Ewigkeitsstudenten machte er einen grünen und heiteren Eindruck. „Dies ist der Vorraum zum Läuterungsfeuer", bemerkte *Urusedek*. „Von hier aus gehen die Seelen ins Feuer, bzw. kommen wieder aus ihm heraus. Ihr dürft nun nicht erschrecken, wir gehen jetzt zum Feuersee. Es ist eine Art Fegefeuer für die Auserwählten. An diesem Läuterungsort wird, bildhaft gesprochen, Gold und Silber von Schlacke befreit. Noch ehe *Urusedek* die letzten Worte ausgesprochen hatte, ging er durch ein Tor und vor ihnen lag der See. Statt mit Wasser war er mit einer glühenden brodelnden Flüssigkeit gefüllt, aus der Flammen schlugen und Rauch empor quoll. Zu ihrem Entsetzen sahen *Sophia* und *Lucy* Lebewesen in diesem Feuersee schwimmen. Kein Geheul drang zu ihnen, es war still. In der Ferne sahen sie verschwommen durch den Rauch eine Insel aus dem Glutmeer herausragen. Aus dem feuerflüssigen See kletterten immer wieder Menschen auf die Insel, um sich dann nach einem kurzen Aufenthalt wieder in den Feuersee zu stürzen. Beim Anblick dieser schrecklichen feurigen Szenerie waren auch *Achmed* und *Jakob* nicht mehr in der Lage, ein Wort zu sagen. *Urusedek* winkte einer schwimmenden Gestalt zu. Sie schwamm unverzüglich zu ihnen ans Ufer, kletterte heraus und stand vor ihnen. Es war eine Frau. Ihr glühender Blick war schmerzverzerrt, aber dahinter konnte man eine wilde Leidenschaft und eine tiefe Zufriedenheit erkennen. *Sophia* und *Lucy* starrten sie an, wie auf ein Wesen aus einer anderen Welt, unfähig einen klaren Gedanken zu fassen.

Urusedek aber sprach sie wie eine Vertraute an: „*Annegret*, hier siehst du meine vier neuen Schüler. Sie sollen auch diesen Teil des Totenreiches kennen lernen. Bist du bereit ein paar Fragen zu beantworten?" *Annegret* nickte. „Wie lange hältst du dich schon in diesem Feuersee auf?" „In zwei Wochen werden es genau drei Monate", erwiderte die Feuernixe sachlich. „Ist es nicht qualvoll und unerträglich, sich für eine so lange Zeit in dieser Feuerhölle aufzuhalten?" „Qualvoll schon, aber nicht unerträglich. Schließlich bin ich freiwillig hier und könnte jederzeit die Prozedur abbrechen." „Warum tust du es nicht, was hält dich und die anderen an diesen schrecklichen Ort?" „Die Antwort ist einfach: meine Seele hat noch nicht die Lauterkeit und Reinheit, die ich mir wünsche." „*Annegret*, das kann ich mir bei dir gar nicht vorstellen. Darf ich dich fragen, an was das liegt?" „Natürlich darfst du das, aber es ist eine längere Geschichte. Ich versuche, es kurz zu machen. Ich hatte in meinem irdischen Leben auf den Komfort meines Geburtslandes verzichtet und im Sudan Kranken, Armen und Elenden gedient. Dann kam eine Rebellengruppe, das Krankenhauspersonal floh, ich aber blieb bei den Hilfsbedürftigen und wurde durch die Rebellen bei lebendigem Leib zerhackt. Die drei Täter sind mittlerweile auch im Totenreich und haben, nachdem ihr Wahn verflogen war, ihre Tat tief bereut. Sie baten mich um Vergebung. Ich habe sie ihnen gewährt. Aber der Groll blieb. Rost und Schlacke sind noch in mir. Bis heute konnte ich meinen Peinigern, die mich damals nackt auszogen und mit Gegröle und schamlosem Spott zerstümmelten, nicht vorbehaltlos in die Augen sehen.

Als ich ins Totenreich überführt wurde, bekam ich eine Erholungs- und Einführungsphase von ungefähr einem halben Jahr. Danach war ein Beurteilungsgespräch mit dem Präsidenten angesetzt. Normalerweise wird man zu ihm in seinen örtlichen Palast bestellt, aber er kam zu mir. Er begrüßte mich äußerst bewegt und äußerte, dass er glücklich sei, mich hier zu sehen. Voller Hochachtung und Dankbarkeit habe er meinen irdischen Weg verfolgt, alle Himmel und Laufbahnen ständen mir nun offen. Ich könnte Königin, Priesterin oder Richterin werden, oder was ich wolle. In jedem Fall würde er mich unterstützen. Ich sollte mich ausführlich über alle Möglichkeiten informieren und ihm dann Bescheid geben. Ich fragte, für welche Tätigkeiten jetzt der dringendste Bedarf bestehe. Er antwortete, dass in der kommenden Zeit Milliarden von Menschen gerichtet oder beurteilt werden müssen und er sehr froh wäre, wenn ich für eine derartige Tätigkeit bereit stünde. Ich brauchte nicht lange zu überlegen und sagte: ich bin bereit, habe aber keine Ahnung von diesem Geschäft. Er nahm dankbar meine Hand und erwiderte: „Schwester, du studierst jetzt sieben Jahre Juristerei und dann werden wir weiter sehen". Nach sieben interessanten Jahren an einer wunderbaren

Uni stand ich wieder vor ihm und sagte: „Ich will in den Feuersee!" *Achmed* und *Jakob* waren bei dieser Unterhaltung immer noch nicht in der Lage, etwas zu äußern, so unwirklich und grotesk kam ihnen das alles vor. Stattdessen fragte *Urusedek* weiter:

„Aber *Annegret*, warum hast du solch eine Wahl getroffen? Das würde doch sonst kein Mensch tun." „Als ich das Rechtswesen in seiner ganzen Tiefe begriff, wurde mir klar, dass ich niemals Menschen zu Recht oder gar zum Leben bringen könnte, wenn ich selbst im Herzen noch Groll hegte und meine Vergangenheit nicht bewältigt hätte. Auch erkannte ich, dass die Wesensart meines Auftraggebers von solcher Reinheit und Lauterkeit war, dass eine Seele, die eine minimale Unvollkommenheit an sich hat, sich eher in tausend Höllen stürzen würde, als mit einem geringen Makel in seiner Gegenwart zu leben. Da das Fegefeuer dazu bestimmt ist, Unreinheiten oder Hässlichkeiten zu verbrennen, warf ich mich in den Feuersee." „Aber *Annegret*", stammelte *Urusedek* „hat denn die furchtbare Läuterung in dieser Feuerhölle eine so große Bedeutung?" „Ich empfinde es als eine große Barmherzigkeit des Präsidenten, dass er mir die Genehmigung dazu gab.", erwiderte *Annegret*.

„Von welcher Bedeutung die Läuterung im Feuer ist, kann eigentlich keine Zunge schildern und kein Herz erfassen. Der Schmerz im Läuterungsfeuer ist ähnlich wie in der Hölle, doch für mich ist diese Qual erträglicher, als vor dem Sohn des Lichtes zu stehen, mit etwas was ihm noch missfällt. Heute schon könnte ich meinen Henkern in die Augen schauen, ohne etwas im Herzen gegen sie zu tragen. Wenn ich aus dem Feuer herauskomme, werde ich von allen Schlacken befreit sein. Meine Peiniger kann ich dann umarmen, für das, was sie mir angetan haben. Nach dem Läuterungsfeuer ist meine Seele leidensunfähig, weil es in ihr nichts mehr gibt, was aufgezehrt werden könnte. Selbst wenn ich dann durch die schlimmste Hölle marschierte, wäre dies für mich nicht mehr schmerzlich. Ich spürte nur das Feuer der göttlichen Liebe, die für mich nichts anderes bedeutet, als ewiges Leben und die Erfüllung meiner Leidenschaft. Und nun lasst mich wieder in den See springen, damit ich es hinter mich bringe."

Urusedek erging es nun wie seinen Schülern. Er stand fassungslos da. Für ihn war zwar der Feuersee nichts Neues. Schon öfters hatte er Exkursionen mit Erdankömmlingen dorthin unternommen. Aber die Begegnung mit solch einem Wesen wie *Annegret* erschütterte ihn jedes Mal aufs Neue. Endlich hatte er seine Fassung wieder gewonnen und sagte: *„Annegret*, vorher tue mir einen Gefallen, lass mich dich segnen. Ich spüre deutlich, dass dies meine letzte Gelegenheit ist. Wenn ich dir wieder begegne, wirst du eine Fürstin der Ewigkeit sein und allenfalls kann ich mich dann von dir segnen lassen." Ohne ein Wort zu sagen kniete *Annegret* vor ihm nieder. Der Aliens aber legte seine Hände auf ihre Schulter und betete: „Gepriesen sei der Schöpfer Himmels und der Erde, der dich uns geschenkt hat. Du Tochter des Lichts, dein Lauf durch Schmach, Qual und Rauch wird sich in Herrlichkeit vollenden. Möge dein Leben vielen Heilung bringen und ein Anstoß werden, von der Finsternis zum Licht zu dringen." Nachdem er dies ausgesprochen hatte, erhob sich *Annegret*, sagte „Danke", hechtete in die Feuerglut und tauchte darin unter, so dass sie aus dem Blickfeld verschwand.

Urusedek drehte sich wortlos um und ging dem Tunnelausgang zu. Dahinter trottete noch ganz benommen *Achmed*, *Sophia* und *Lucy.* Den Abschluss der Rückzugkolonne bildete *Jakob.* Als sie wieder an der frischen Luft waren, sah *Sophia,* wie sich *Achmed* an den Kopf griff und immer wieder rief: „Das kann doch nicht wahr sein! Das kann doch nicht wahr sein!" Dazwischen hörte sie *Urusedek* murmeln. Wortfetzen wie *Brautseele* oder *Himmelsbraut* drangen zu ihr. Als *Achmed* sein fassungsloses Rufen eingestellt hatte, hörte sie ihren Lehrmeister leise vor sich hin sagen: „Ja, bei solchen Personen könnte ich mir vorstellen, auch Menschen untertan zu sein." *Sophia* glaubte nicht recht zu hören. Was meinte der Aliens damit? Was ging in ihm vor? Hatte er insgeheim Probleme mit den Menschen? Schließlich dachte sie, nun ja, die Begegnung war ungewöhnlich, sicherlich hat sie ihm den Verstand getrübt, so dass er gerade nicht ganz bei Vernunft ist. Schließlich kamen sie bei ihrer Behausung an. Es wurde an dem Abend nicht viel gesprochen. Jeder verkroch sich in seine Ecke und hing seinen Gedanken nach.

Der nächste Tag war unterrichtsfrei. *Sophia* streifte ziellos durch den Park. Als sie an dem im Parterre liegenden Büro von *Urusedek* vorbeistreifte, warf sie einen Blick in das Arbeitszimmer. *Urusedek* saß hinter seinem Schreibtisch, den Kopf auf die Arbeitsplatte gelegt und weinte. Schnell wandte sich *Sophia* wieder ab und ging vorüber. Erst am nächsten Tag hatten alle das Erlebnis in der Unterwelt soweit verdaut, dass sie darüber miteinander reden konnten. *Jakob*, der das Erlebnis noch am besten verkraftet hatte, fragte als erster: „War der Ort, wo wir gestern waren, die Unterwelt, der feurige Teil des Totenreiches?" *Urusedek* antwortete: „Ja, so ist es. Wir sahen einen kleinen Ausschnitt davon. Die Unterwelt ist groß und hat noch manch andere Bereiche sowie viele Zugänge, einer davon liegt eben bei uns." *Sophia* erkundigte sich: „Müssen denn alle, die zur Führungselite erwählt sind, durch diesen schrecklichen Feuersee?" „Nein", erwiderte *Urusedek:* „Viele der Erstauserwählten erleben schon auf Erden eine Läuterung, indem sie dort durch ein Trübsalfeuer gehen. Das können Krankheit, Unfall, Verfolgung, Gefängnis, Folterungen und dergleichen sein. *Annegret* hatte zwar ein entbehrungsreiches Leben, war aber doch in ihrem Tun anerkannt und geachtet. Ihre erlittene Misshandlung und ihr grausamer Tod waren zwar entwürdigend und qualvoll, währten aber nur einen Tag. In der Regel geht die Vollendung eines Menschen, ohne einen derartigen Schmelztiegel, wie ihr ihn gestern gesehen habt, über Jahrtausende vor sich. Da aber *Annegret* und die anderen im Feuersee bald für Leitungsaufgaben gebraucht werden, erhalten sie in dieser Einrichtung eine Art Schnellzubereitung von hoher Qualität. Freilich bedarf diese Art von Läuterung einen entschlossenen Willen und eine große Portion von Durchhaltevermögen. Ihr habt ja *Annegret* selbst gehört. Sie schwimmt freiwillig und mit Leidenschaft im Feuersee. Würde sie die Prozedur abbrechen, dann müssten für den gleichen Effekt Jahrtausende aufgewandt werden und sie wäre erst einmal aus dem Führungsgremium heraus." „Na, bei dieser Frau braucht sich der Präsident nicht sorgen", wandte *Jakob* ein, „diese Person wird in der Feuerhölle bis zum Ende ausharren und dann mit unbegrenztem Eifer ausführen, was immer der Präsident von ihr will." „Ja, das denke ich auch", stimmte *Urusedek* zu: „Was es doch für Menschen gibt! Manchmal frage ich mich, ob ein Engel so etwas freiwillig auf sich nehmen würde?

Doch unser *Unterwelt*-Lehrgang ist damit nicht zu Ende. In einer Woche werden wir wieder eine Tour dorthin unternehmen. Neben dem Läuterungsfeuer gibt es auch ein Erfahrungsfeuer." „Erfahrungsfeuer?", wiederholte *Achmed*. „Was soll denn das sein? Welche Leute sitzen denn da drin?" „Wenn wir demnächst dort einen Besuch abstatten", antwortete *Urusedek*, „werdet ihr merken, dass dieser Ort eine ganz andere Atmosphäre hat, obwohl er von seiner Aufmachung dem Feuersee gleicht, den ihr schon besucht habt. Dort befinden sich nicht Opfer oder Auserwählte, sondern Täter. Straftäter, die andere ausgenutzt, geschunden, umgebracht oder vergewaltigt haben. Tyrannen, die über Leichen gingen, religiöse Fanatiker, die andere folterten und auf dem Scheiterhaufen verbrannten." „Das ist also jetzt die richtige Hölle", wandte *Achmed* ein. „Nein, das ist keine Hölle im Sinn einer Strafe", widersprach *Urusedek*, „denn es ist ja noch kein Gerichtsurteil ausgesprochen worden. In diesem Feuer, das zeitlich ist, durchleiden die Täter, was sie ihren Opfern zumuteten. Danach begreifen sie in der Regel eher, was sie getan haben und sind für eine Sinnesänderung sowie eine entsprechende Therapie oder Erziehungsmaßnahme offen. Letztendlich geht es darum, gefallene Menschen wieder ins Leben einzugliedern, sofern sie wollen. Aber selbst wenn sie es nicht wollen, müssen sie doch wissen, für was sie sich dann entscheiden – nämlich für eine ewige Hölle, und einen Vorgeschmack davon bekommen sie im Erfahrungsfeuer."

In der nächsten Woche ging es das zweite Mal zur Felsenpforte. Urusedek hatte wieder seinen langen weißen Stock dabei und öffnete damit das Bergtor. Abermals lag vor ihnen der breite Tunnel, dessen Weg sich am Ende teilte. Diesmal gingen sie durch die linke Abzweigung. Einen Vorraum als Zugang zur feurigen Vollzugsanstalt gab es hier nicht. Ungefähr 50 Meter nach dem Passieren der Wegscheide sahen sie die Glutwellen eines riesigen Sees, dessen Enden sie nicht erkennen konnten. Grauer Rauch lag über den Feuerwellen und schrille Schreie und Flüche drangen heraus. Die Atmosphäre war trostlos und beklemmend. Die vier Totenreichsschüler meinten, vor Grauen und Entsetzen kaum atmen zu können. Sie wollten nicht weiter gehen, doch *Urusedek* zog sie bis zum Rande des Sees. Da bemerkten sie, dass der Seespiegel zwei Meter tiefer lag und von einer glatten Mauer umgeben war, an der es keine Haltegriffe gab. Aus diesem schrecklichen Glutsee konnte niemand ohne Hilfe entrinnen. Es gab auch keine Insel, auf die man für eine Weile der Feuerqual hätte entfliehen können. Die Stimmung war so ganz anders als am Läuterungssee.

Nun sahen sie auch schemenhaft Gestalten im See schwimmen. Ihre Gesichter waren grauenhaft verzerrt. Sie paddelten verzweifelt in dem brennenden See, brüllten lästerlich vor Qual und Not. Anstatt sich zu helfen schlugen die schwimmenden Wesen aufeinander ein und versuchten, sich gegenseitig in die flüssige Glut zu drücken, um die Pein zu erhöhen. *Sophia* und *Lucy* wandten sich entsetzt ab, doch *Urusedek* winkte einem zu, der nicht schrie, sich aber angstvoll am Rande des Sees in der kochenden Flüssigkeit bewegte. Er näherte sich sogleich der Stelle, wo die Besucher an der Böschung standen. *Uruse-*

dek hielt ihm seinen weißen Stab hinunter, so dass er sich daran klammern konnte, dann fragte er ihn: „Wie heißt du?" „*Dr. Beinhart*", presste eine heißere Stimme heraus. „Wie kommst du an diesen schrecklichen Ort?" „Ich habe meine Seele dem Teufel verkauft." Verblüfft wandten sich nun auch die Schüler dem Manne zu, der sich an dem weißen Stab festhielt. *Jakob* fragte die unglückliche Gestalt: „Warum hast du so eine verdammungswürdige Handlung begonnen?" Gequält stöhnte *Dr. Beinhart* auf und erzählte seine Geschichte:

„Ich war in einem großen Konzern Personalchef. Von der Konzernleitung bekam ich den Auftrag, innerhalb eines Jahres 30% der Belegschaft, das waren damals 50.000 Mitarbeiter, abzubauen. Dies sollte ohne spektakuläre Massenentlassung geschehen, da sonst Betriebsrat, Gewerkschaften und die Öffentlichkeit Anlass erhielten, kostenaufwendige Sozialmaßnahmen zu erzwingen. Ich fand danach keine Ruhe mehr. Dies war ein unmöglicher Auftrag. Wie sollte ich so viele Leute kostengünstig wegbekommen, ohne dass die Firma in Verruf kommt? Ich dachte, das müsste ein wahrhaft diabolischer Plan sein, der so etwas zu Wege brächte. Bei dem Wort „diabolisch" hakte es bei mir ein. Vielleicht könnte dies die richtige Schiene sein? In dieser Situation war mir jedes Mittel recht. Im Telefonbuch fand ich eine Rufnummer der Satanskirche. Als sich der Pastor der Teufelsanhänger meldete, bat ich um ein Gespräch. Pastor Mephisto empfing mich zuvorkommend und machte mir Mut. Er sagte: „Ihr Problem kann mit Hilfe finsterer Mächte durchaus gelöst werden. Es wurden von uns schon wesentlich umfangreichere Aufgaben bewerkstelligt. Treten sie in Kontakt zu diesen Mächten!" Mephisto empfahl mir, die CD-Platte „Sympathie mit Satan" zu kaufen, die seinerzeit in jedem besseren Musikgeschäft erhältlich war, und bei ihrem Klang zu meditieren. Das weitere würde sich ergeben. Für die Konsultation verlangte der Pastor 9.000 Euro. Ich stellte gern einen Scheck im Namen meiner Firma aus und verließ hoffnungsfroh das Haus.

Als ich mich am Abend bei schrillen Tönen im Rhythmus der Höllenmusik wiegte, fiel ich in Ekstase. Auf einmal sah ich rundherum aus dem Dunkel glühende Augen stechend auf mich gerichtet. „Gib mir deine Seele!" hallte es düster durch den Raum. „Kraftlos flüsterte ich: meine Seele sollst du haben, wenn du mir hilfst". Dann kam aus dem Dunkel heraus eine fahle Hand, die mir einen Vertrag reichte, den ich mit meinem Blut unterschreiben sollte. Unter Aufbietung der letzten Kraft unterzeichnete ich das Schriftstück, dann fiel ich in Ohnmacht. Als ich wieder erwachte, wusste ich, was ich dem Konzern-Management vorzuschlagen hatte. Alle Arbeiten im Unternehmen, die nicht zum Kerngeschäft gehörten, sollten abgetrennt und ausgegliedert werden. Ich nannte sie Restrukturierungsbereiche (abgekürzt R-Abteilungen). Diese Bereiche sollten mit der Zeit selbstständig werden, z. B. als GmbH, und auch Arbeiten vom freien Markt an Land ziehen. So nach und nach sollten ihnen dann die Konzernarbeiten entzogen werden, dann würden sie in Konkurs gehen. Vielleicht würde sich der eine oder andere Bereich im freien Wettbewerb durchsetzen und überleben. In beiden Fällen aber hätte man die Mitarbeiter ohne große Folgekosten los, und niemand konnte dreinreden, denn die ehemaligen Mitarbeiter waren in ihrer eigenen selbstständigen Firma Pleite gegangen. Mein Vorschlag wurde von der Konzernspitze mit Wohlwollen aufgenommen. Ich bekam eine beträchtliche Gehaltsaufbesserung und überall wurden R-Abteilungen eingerichtet und den Mitarbeitern schmackhaft gemacht, indem man ihnen gute Aufstiegsmöglichkeiten und Zukunftsfähigkeit vorgaukelte. Es kam sogar soweit, dass auch andere Firmen und Branchen dieses Modell übernahmen, sodass es im ganzen Land nachgeahmt wurde. Ich aber fühlte mich seit diesem Zeitpunkt nicht mehr wohl, konnte kaum noch schlafen, wurde jähzornig und aggressiv. Meine Mitarbeiter, aber auch meine Frau und Kinder, gingen mir aus dem Weg.

So vergingen drei Jahre, in denen es mit mir nervlich zusehends bergab ging. Eines Nachts stand an meinem Bettfuß ein furchtbarer Dämon. Ich wollte schreien, brachte aber vor Schreck keinen Laut heraus. Er kam lautlos auf mich zu, legte seine kalten Hände an meinen Hals und erwürgte mich. Mitten in diesem Feuersee, in unsäglicher Qual wachte ich wieder auf. Seitdem werde ich mit vielen unglücklichen und teilweise auch gewalttätigen Seelen von den Glutwogen hin und her gespült. Mein Leben ist verloren. Nun bin ich verdammt in alle Ewigkeit."

Schweigend und betroffen vom tragischen Schicksal des Personalchefs blickten die fünf auf den Verzweifelten. Endlich konnte sich *Urusedek* aufraffen und sprach zu dem Mann unter ihm: *„Beinhart*, hier bleibst du nicht ewig. Spätestens zum Gericht, aber wahrscheinlich schon viel früher wirst du aus diesem Feuersee wieder herauskommen. Du bist in die Restrukturierungsabteilung des Totenreiches geraten – hier sollst du umstrukturiert werden. Deine Karriereplanung soll an diesem Ort verbrennen und auferstehen soll aus diesem Reich ein selbstlos dienendes Wesen. Jedenfalls würde ich an deiner Stelle im Gericht Widerspruch gegen den unterschriebenen Vertrag einlegen, denn dieser scheint mir anfechtbar zu sein." In den Augen von *Beinhart* leuchtete verhaltene Hoffnung auf, dann flüsterte er: „Danke für euer Kommen", ließ den Stock los und verschwand im Rauch des Feuersees.

Die fünf Besucher verließen wortlos den dunklen Ort der siedenden Qual. Als sie die Felsenpforte passiert hatten, gingen sie nebeneinander. Obwohl auch dieser Besuch nicht spurlos an ihnen vorüber gegangen war und tiefe Eindrücke hinterließ, waren sie doch diesmal gefasster als beim ersten Mal. In der Religion von *Achmed* wie auch von *Jakob* ist die Hölle ein wichtiger Bestandteil – und das, was sie gerade sahen, entsprach von Kindheit an ihrer Höllenvorstellung. Das Erlebnis aber mit *Annegret* war für sie unfassbar, es hatte alle Vorstellungen gesprengt und ihr Wesen und ihre Religion bis in die Tiefen erschüttert. Auf ihrem Heimweg fragte *Jakob*: „Meister, nimmt man hier die irdischen Titel mit." „Nein", erwiderte *Uru-*

sedek, „an diesen Ort nimmt man weder einen akademischen noch einen Adelstitel mit. *Beinhart* hatte sich zwar noch Doktor genannt, aber diese Bezeichnung ist hier ungültig. Nur in Ausnahmefällen wird eine Ehrenbezeichnung weitergeführt".

Nun war auch *Sophia* aus ihrem Schrecken erwacht und fragte: „Gibt es denn neben den Feuerseen auch Gefängnisse?" „Ja, die gibt es hier und leider muss es sie geben. Die Feuerseen und die verschiedenen Gefängnisse bilden zusammen den Komplex Unterwelt. Zu eurer Ausbildung gehört es, einmal eine Exkursion dorthin zu unternehmen."

Am nächsten Tag hatte man den Gang zum Erfahrungsfeuer soweit verkraftet, dass man tiefschürfendere Fragen stellen konnte als die nach Titeln. *Jakob* äußerte beim Durchsprechen des gestrigen Erlebnisses: „Das ist doch furchtbar, sich dem Teufel zu verschreiben. Selbst wenn *Beinhart* aus dem Feuersee wieder heraus kommt, so wartet doch auf ihn die ewige Verdammnis." *Achmed* blies ins gleiche Horn. „Für solch einen Menschen kann es keine Rettung mehr geben. Er hat das Schlimmste getan, was ein Mensch tun kann und muss zu Recht in die ewige Hölle." *Urusedek* sah ihn scharf an: „Dass ausgerechnet du das sagen musst. Wenn du wüsstest, an wen du dich verkauft hast, du würdest den Fall etwas moderater beurteilen. Doch ich habe ernsthafte Zweifel an der Gültigkeit des Vertrages, den *Beinhart* mit seinem Blut unterschrieben hat. Zwar habe ich den Fall nicht zu beurteilen, aber meine Meinung ist, dass eine kurzzeitige Gefälligkeit oder Hilfeleistung nicht mit einer ewigen Gegenleistung erkauft werden kann. Die Verhältnismäßigkeit der Mittel ist dabei nicht gewahrt. Ein weiterer Punkt ist, das *Beinhart* etwas verkauft hat, was ihm gar nicht gehört. Er hat sich nicht selbst geschaffen und kann sich ohne Einwilligung seines Schöpfers nicht an einen Dritten verhökern. Zum andern ist die Notlage von *Beinhart* schamlos ausgenutzt worden, ohne ihn über die Folgen des Vertrages ausreichend aufzuklären. Die Konsequenzen werden ihm deswegen jetzt eine zeitlang spürbar gemacht, damit er überhaupt erkennt, auf was er sich da eingelassen hat. Das Wichtigste aber ist, dass man sich auf keinem Fall durch eine solche Abmachung am Gericht vorbeimogeln kann. *Beinhart,* wie alle Menschen sonst, aber auch Engel, müssen sich einst vor Gericht verantworten. Dort wird sein Fall noch einmal aufgerollt. Ich will dem Richter nicht vorgreifen, aber nach meiner Meinung wird *Beinhart* seinen Vertrag widerrufen können. Nur durch einen eindeutigen Willensentschluss beider Vertragspartner, in Erkenntnis aller seiner Folgen, wird solch ein Vertrag Ewigkeitsgültigkeit erlangen und der Dämon seine Beute in die Hölle führen dürfen."

Nun meldete sich *Sophia* zu Wort: „Ist eigentlich *Beinhart* ein Einzelfall oder kommen derartige Teufelverschreibungen häufiger vor?" „Sie kommen öfters vor als man denkt", meinte *Urusedek* „da sie meist verborgen gehalten werden. Dass sich ein Personalchef Satan verschreibt ist zwar selten, dass aber aus Karrieregründen manche ihr Seelenheil opfern, ist nicht ungewöhnlich. Der größte Reiz, eine solche Handlung zu begehen, ist das Verlangen, unter allen Umständen an die Macht zu gelangen. Danach kommt der Wunsch reich zu werden, als nächstes in der Reihenfolge steht die Begierde, als Sportler oder Künstler überwältigenden Erfolg zu erlangen. Gleich dahinter steht die Sehnsucht, aus einer Not schnell wieder heraus zu kommen, sei es Krankheit oder Geldschulden. Zum Schluss kommt die Lust nach irgendeiner sexuellen Befriedung, die man auf normalen Weg nicht erlangen kann.

Aus welchem Grund auch immer, die Menschen, die einen derartigen Vertrag abschließen, wissen in der Regel nicht, was sie tun. Sie sind leichtfertig bereit, für einen kurzfristigen Erfolg oder Genuss, ihre ewige Bestimmung aufs Spiel zu setzen. Damit sie verspüren, für was sie sich hergegeben haben, kommen sie bei uns erst einmal eine Zeitlang in den Feuersee. Zur Ergänzung will ich noch erwähnen, dass es auch Fälle gab, wo sich Menschen Gott mit Blut verschrieben haben. *Gerhard Tersteegen* ist einer der bekanntesten von ihnen. Er hat sich seinem Herrn vertraglich zum völligen und ewigen Eigentum verpflichtet. Das betreffende Schriftstück hat er selbst aufgesetzt und darin versprochen, dass er eher sein Blut bis auf den letzten Tropfen vergießen lasse, als mit Willen und Wissen Gott untreu oder ungehorsam zu werden." Als *Achmed* dies hörte, nickte er mit dem Kopf und sagte leise vor sich hin: „Auch ich habe mein Blut und Leben meinem Gott in Hingabe und Gehorsam geopfert, dabei aber anscheinend auf die falsche Karte gesetzt. Woher sollte ich wissen, dass hier ein Anderer das Sagen hat?" *Urusedek* blickte *Achmed* verstehend an. Dann legte er tröstend die Hand auf die seine und sprach: „*Tersteegen* ist jetzt einer der strahlensten Gestalten im Totenreich, er hat das wahre Gotteswesen erkannt und erfasst, dich aber hat man getäuscht. Diejenigen die dich betrogen haben, tragen dabei größere Schuld. Dein Fall wird vor Gericht kommen, ich werde dir als Verteidiger beistehen. Mögest du einen verständigen und gnädigen Richter finden." *Achmed* blickte dankbar auf, sagte aber nichts. Dann gingen alle auseinander.

In den nächsten Tagen wurde wieder der reguläre Unterricht über Struktur und Aufgaben des Totenreiches fortgesetzt. Die Erlebnisse in der Unterwelt wurden kaum noch erwähnt. Als die nächste Woche anbrach, sagte *Urusedek*: „Morgen besuchen wir ein Gefängnis in der Unterwelt." Als der Tag kam, fragten sich *Sophia* und die anderen, wo es wohl diesmal hinginge. Sie waren voll gemischter Gefühle. Einmal waren sie neugierig auf den unbekannten Ort, anderseits hatten sie auch Angst vor einem erneuten schrecklichen Erlebnis. Überrascht waren sie, als es wieder zur vertrauten Felsenpforte ging. Sie fragten sich, wo da wohl die Gefängnisse sein mochten? Der Tunnel verzweigte sich am Ende zu den Feuerseen, wo sollten da Gefängnisse sein? Während des Ganges durch den Tunnel bemerkten sie, wie *Urusedek* die linke Tunnelseite aufmerksam musterte, wie wenn er irgendetwas suchte. Dann blieb er stehen und schlug mit seinem weißen Stab gegen die Wand.

Auf einmal war eine braune Tür darin zu erkennen. Nochmals schlug er mit seinem Stab dagegen – und die Tür tat sich auf.

Vor ihnen lag ein mittelgroßer Gerichtssaal. Auf einem Podium tobte ein Richter herum, indem er wie ein Hampelmann von einem Bein auf das andere sprang und immer wieder seine Hand mit dem ausgestreckten Zeigefinger hinunter auf die Anklagebank schleuderte. Er hatte eine rote Robe an und auf seinem Kopf einen Hut, der wie ein umgekehrter Kegelstumpf aussah. Als sie näher kamen, hörten sie, wie der Richter zur Anklagebank schrie, auf der sich graue Gestalten herumlümmelten: „Ihr Würstchen! Ihr Viertelportionen! Ihr verruchte Verräter, für euch kann es nur ein Urteil geben – den Tod! Den Tod durch den Strang!" Dabei überschlug sich seine Stimme und wild fuchtelte er mit seinem ausgestreckten Arm zu der ersten Reihe, auf der eine Zahl von Geistern teilnahmslos ins Leere starrte. Erschrocken sahen die Schüler auf ihren Lehrer. Doch bevor noch *Urusedek* ein erklärendes Wort abgeben konnte, kam der wahnsinnige Richter mit fanatisch verzerrter Miene ihnen entgegen. Er streckte ihnen seinen Arm entgegen und grölte: „Ihr elenden Halunken und feiges Gesindel, ihr hättet lieber eine Knarre in die Hand nehmen und für den Führer kämpfen sollen, als das Volk mit kreuzkriecherischen Parolen zu verführen. Dieses schlimmste aller Verbrechen kann nur durch den Tod gesühnt werden. Am Galgen sollt ihr heute noch enden!" *Jakob* langte sich sichtlich geschockt an den Hals und murmelte: „Von was spricht dieser Verrückte?" Doch da trat schon *Urusedek* vor den Richter und sagte ruhig: „Du irrst! Du befindest dich im Totenreich. Hier sind bereits alle tot. Keinen kannst du mehr zum Tode verurteilen." Verdutzt hielt der rasende Richter inne. So eine selbstbewusste Person, die sich ihm in einer ungewohnten Autorität entgegenstellte, hatte er noch nie erlebt. Doch schnell fing er sich wieder und setzte an, in seiner Raserei fortzufahren.

In dem Augenblick brüllte ihn *Urusedek* mit solch einer gewaltigen Stimme an, das die Grundfesten des Gefängnisses erzitterten: „Hör endlich auf mit dem Unsinn! Du wirst demnächst selbst vor Gericht gestellt. Bereite deine Seele, wenn du nicht für immer in die Hölle fahren willst." Der Richter in der roten Robe klappte vor dem Engel zusammen wie ein Taschenmesser. Auf allen Vieren kroch er auf dem Boden herum und sah mit irrem Blick zu ihm auf. *Urusedek* schaute hinunter und seufzte: „Deine Bestimmung war, ein herrliches Geschöpf zu werden, doch Luzifer hat dich zu einer erbärmlichen Kreatur gemacht, um dich hernach zu zertreten." Damit drehte sich *Urusedek* herum und ging mit seinen Schülern zur Tür hinaus.

Wortlos verließen sie den Ort. Es war diesmal nicht die Begegnung mit dem irrsinnigen Gefangenen, die sie verstummen ließ, mittlerweile waren sie ja schon einiges gewöhnt. Nein, diesmal war es die Furcht vor ihrem Lehrer, die ihnen den Mund verschloss. Was war doch dieser kluge *Urusedek*, der sich in seiner Wandertracht so loyal gab, für ein mächtiges Wesen. Er brauchte nur etwas nachdrücklich auszusprechen und schon fing ein gewaltiger Berg an zu beben und die Person, die er ansprach, lag wimmernd vor ihm am Boden. Ganz neu wurde den Schülern bewusst, dass sie keinen Menschen als Lehrer hatten, sondern einen unsterblichen mächtigen Engel. Sie nahmen sich innerlich vor, ihm fortan mit mehr Ehrfurcht und Achtung zu begegnen. Doch bereits am nächsten Tag hatten sie wieder ihren gewohnten Umgangston zu ihrem Lehrmeister gefunden. Es mag wohl an *Urusedek* selbst gelegen haben, da er seine Autorität und Macht hinter seinem biederen Äußeren verbarg und damit sicher auch einen familiären Umgang mit seinen Schülern suchte, um offener und vertraulicher mit ihnen reden zu können.

Natürlich stand am nächsten Tag das Erlebnis im Unterweltgefängnis auf der Tagesordnung. *Achmed* fragte: „Was war das für ein Mann der gestern so im Gerichtssaal herumtobte? Aus welcher Irrenanstalt ist der denn entsprungen?" *Urusedek* wandte sich zu *Jakob*: „Was meinst du zu der Frage? Du wirst wahrscheinlich erkannt haben, aus welcher Epoche dieser

Mann kommt?" *Jakob* runzelte die Stirn und antwortete langsam: „Die Person erwähnte einen Führer und Gewehre, mit denen wir kämpfen sollten. Mit dem Führer meinte er sicher Hitler und da es ums Kämpfen ging, war es wahrscheinlich die Zeit des 2. Weltkrieges, die der Wahnsinnige vor Augen hatte – und die Irrenanstalt, aus der er kam, war Deutschland." „Genau!", rief *Urusedek* aus. „Dieser Mann war ein Richter am Volksgerichtshof in Berlin. So wie ihr ihn gestern gesehen habt, ist er dort ständig aufgetreten und hat die Angeklagten schmählich beschimpft und zum Tode verurteilt. Er muss sich seinerzeit richtig in einen Wahn oder eine Sucht hineingesteigert haben, weil er hier immer noch seinen Vorstellungen frönt. Immerhin sind es schon einige Jahrzehnte, in denen er sich in seinem Gefängnis Tag für Tag dieser Raserei hingibt." „Schrecklich!", seufzte *Sophia*, „kommt er denn aus diesem Wahn überhaupt wieder heraus, oder muss er ewig darin bleiben? Das wäre ja auch schon so etwas wie eine Hölle." „Heraus kommen tut er spätestens zu seinem Gerichtstag", beschwichtigte *Urusedek*, „aber es kann evtl. noch viele Jahre dauern, bis er aus seinem Trug erwacht."

Jakob räusperte sich: „Diesem verdammten Nazi geschieht das ganz recht. Man hätte ihn am besten gleich in die Hölle werfen sollen, als dass man ihn hier noch solchen Spuk veranstalten lässt." „Sei vorsichtig", ermahnte *Urusedek*, „einen Menschen zu verurteilen bevor du nicht weißt was ihn zu seinen Handlungen getrieben hat. Du willst ja auch, dass man dich einmal gerecht beurteilt und nicht pauschal mit anderen über einen Kamm schert." *Jakob* schwieg beschämt, doch *Sophia* fragte: „Professor, was ist aber mit den Wesen die auf der Anklagebank so teilnahmslos mit leerem Blick saßen? Was waren das für Leute?" „Auch das waren Nazis, die im Hitlerreich der SS angehörten und Verbrechen verübten, in dem sie zum Beispiel unschuldige Zivilisten erschossen oder in Lagern Gefangene misshandelten. Sie werden nun vom obersten Nazirichter auf das Übelste beschimpft, beschuldigt und immer wieder zum Tode verurteilt - Tag für Tag, Jahr aus,

Jahr ein." Danach wurden keine Fragen mehr gestellt, sie hatten vorerst wieder genügend Stoff zum Nachdenken. Ihnen kam nun das Gefängnis in der Unterwelt wie ein Abklingbecken vor, indem Menschenwahn allmählich verstrahlt, wie bei einem radioaktiven Element, das nach seiner Arbeit im Reaktor, in einem gesonderten Wasserbecken ruhig gestellt wird, bis es in ein anderes „Dasein" überführt werden kann.

Am nächsten Morgen kam Schwester *Edith* und kündigte einen weiteren Besuch in den Gefängnissen an. „Schon wieder!", rief *Achmed* aus. Anscheinend machte es ihm keinen Spaß mehr, die Unterwelt zu besuchen. Verständnisvoll erwiderte Schwester *Edith*: „Einmal solltet ihr schon noch hin, sonst bekommt ihr einen einseitigen Eindruck von den Einrichtungen dort. Sie sind recht unterschiedlich und auf die verschiedenen Zustände und Bedürfnisse der entgleisten und oft schwer geschädigten Menschen ausgerichtet. Alles im Totenreich, ob in der Unter- oder Oberwelt soll den Menschen heilen und fördern und ihn nicht noch weiter schädigen. Von dem Ort wo wir morgen hingehen habe ich einst *Lucy* geholt.

Am nächsten Tag marschierten sie wieder in die gewohnte Richtung. Schwester *Edith* trug statt einem Stock eine Feldflasche. Sie brauchte nicht an das steinerne Tor zu klopfen, zum Erstaunen ihrer Schüler öffnete es sich von selbst. Nach passieren des Tores befanden sie sich wieder im vertrauten Tunnel. Schwester *Edith* musste auch nicht suchen. In der Mitte des unterirdischen Ganges klopfte sie an die linke Wandseite, und es öffnete sich eine graue Tür. Vor ihnen tat sich eine öde Felsenlandschaft auf. Es lag eine düstere Stille in dem weiten Raum. Überall standen oder saßen Geister an Felsen, den Kopf in die Hände vergraben. „Was machen denn die da?", rief *Achmed* spontan aus. „Sie sinnen ihrem irdischen Leben nach und überlegen, was sie falsch gemacht haben", antwortete Schwester *Edith*. „Es sind Menschen, die ihr Lebensglück in sich suchten oder im Vergänglichen. Sie lebten mehr im Schein als im Sein und sind nun maßlos enttäuscht, dass ihre

Konzepte nicht aufgingen. Manche sind schon auf Erden an ihren selbst gebastelten Erwartungen gescheitert, indem ihr Luftschloss zerplatzte wie eine Seifenblase. Oft bugsierten sie sich mit ihrem falsch orientierten Lebensdurst in einen Illusionszwang hinein, dem sie nicht gewachsen waren."

Sophia schüttelte den Kopf als sie das hörte und ging auf die nächste Person zu, die an einem Felsen lehnte. Es war eine gut aussehende Frau, nach irdischem Maß etwa 50 Jahre alt, hellblonde Haare fielen ihr über die Schultern. *Sophia* sprach sie an. Es erfolgte keine Reaktion. Danach fragte sie lautstark: „Was machen sie da?" und berührte sie dabei an den Schultern. Mühsam öffnete sie die Augen, als würde sie aus einem tiefen Schlaf erwachen. Dann bemerkte sie die fünf und murmelte: „Was wollt ihr von mir?"

Schwester *Edith* ergriff nun das Wort: „Ich habe vier Schüler bei mir, die in diese Gegend einmal einen Blick werfen sollen. Bitte sei so gut und beantworte uns ein paar Fragen, es wird dir nicht zum Schaden gereichen." „Was stört ihr mich in meiner Ruhe!", rief die Frau unwirsch aus. „Ich habe hier über andere Dinge nachzusinnen als euch zu sagen, was ich nicht weiß. Aber wenn ihr mich schon aus den Gedanken gerissen habt, dann fragt und kommt danach nie wieder." „In Ordnung", erwiderte Schwester *Edith*. „Wir werden dich vorerst nicht mehr stören, doch sag mir, wie heißt du, und was hast du auf Erden getrieben?" „Mein Name ist *Susanne Lebensborn* und ich war evangelische Pfarrerin." Oh!", entfuhr es dabei *Sophia*. „Wie kommst du dann hierher?", fuhr Schwester *Edith* mit ihrer Frage fort. Die Frau erwiderte heftig: „Wie soll ich das wissen? Da müsst ihr schon andere fragen, warum sie mich in diese öde Gegend steckten. Ich war sehr begabt. Ich war Malerin, Buchautorin, Musikerin und Tonbildnerin. Gott hat mir diese und noch andere Gaben geschenkt, daher wollte ich sie in seinen Dienst stellen. So studierte ich Theologie und wurde Pfarrerin. Ich habe mein Amt redlich ausgeführt und verstehe nicht warum ich mich jetzt an einem solch tristen Ort wieder finde." „Dein Werdegang ist beachtlich!", murmelte Schwester *Edith* vor sich hin. „Hast du außer deinem Pfarramt noch andere Wünsche gehabt?" „Ja, natürlich! Ich wollte auf mein privates Glück nicht verzichten. Ich suchte die Freuden der Welt und heiratete einen Atheisten. Doch er verließ mich und ich musste meine beiden Töchter alleine erziehen. Um meinen Lebensdurst weiter zu stillen, suchte ich im Urlaub und auf Veranstaltungen mein Vergnügen. Dann kam der Tag, an dem mir wieder ein großes Glück winkte. Doch stattdessen kam der Tod und entriss mich allen irdischen Freuden. Niemals wurde mir ein ungetrübtes dauerhaftes Glück gegönnt. Nun lehne ich unglücklich an diesem Felsen und frage mich, warum ich überhaupt geboren wurde." Schwester *Edith* nickte verstehend und sagte: „Ja, da hast du schon Grund, um nachzudenken. Darf ich dir dazu eine Hilfe anbieten?" „Nein, die brauche ich nicht. Ich habe alle Freuden ausgekostet und weiß nun, dass das Glück nirgendwo zu finden ist. Alle die sagten, hier oder da ist es, hatten mich nur in die Irre geführt. Und wenn du mit der religiösen Schiene kommst, so verbitte ich mir die erst recht. Als Pfarrerin weiß ich um all die blutleeren Theorien. Letztlich hat die Kirche mit ihrem überorganisierten Behördenbetrieb mir noch die letzten Freuden genommen." Schwester *Edith* schwieg eine Weile und erwiderte dann: „Ja, dann meditiere weiter. Du bist intelligent genug um irgendwann auf die Wahrheit zu stoßen – auch dir ist ein dauerhaftes Glück höchster Qualität bereitet." Mit diesen Worten kehrte Schwester *Edith,* samt ihren Begleitern, der Frau den Rücken zu und ging zur nächsten Stelle, wo eine junge Frau zusammengekrümmt vor einem Felsen lag.

Unterwegs sagte sie zu *Sophia*: „Das war eine Frau, die am Brunnen schier verdurstet ist. Möge sie in baldiger Zukunft zur Quelle des Lebens finden." Noch bevor die anderen etwas fragen konnten, kamen sie zu der am Boden liegenden Frau. Sie machte einen beklagenswerten Eindruck. Ihr Gesichtsausdruck war tief traurig und schmerzvoll verzerrt. Sie schien leise vor sich hin zu jammern. Schwester *Edith* beugte sich zu ihr hinab und rief ihr direkt ins Ohr: „Wach auf, du warst nun lang genug im finsteren Tal." Die junge Frau wälzte sich stöhnend auf die andere Seite und hielt sich die Ohren zu. Das war ihre ganze Reaktion auf den Zuruf. Schwester *Edith* kniete sich derweil nieder und lehnte den Kopf der Frau an ihr Knie. Dann schnallte sie ihre Feldflasche los und flößte der Frau einen Trank ein. Das Wasser lief ihr rechts und links aus den Mundwinkeln – doch danach tat sie die Augen auf. Verwirrt schaute sie ihre Besucher an. „In mir ist es so dunkel und die Finsternis aus der ihr mich heraus gerissen habt war so grauenvoll", jammerte sie. Schwester *Edith* strich ihr sacht über das Haar, indem sie mit weicher Stimme sprach: „Jemand von uns wird dich nun öfters besuchen und dir Lebenswasser reichen, dadurch wirst du aus deinem Tief herauskommen und wahrscheinlich auch bald die Gegend hier verlassen können – das eigentliche Leben liegt noch vor dir." Damit verließen die fünf wieder den Ort.

Schweigend traten sie den Rückmarsch an. Die Schüler waren von ihrer Chefin beeindruckt. Vor kurzem noch hatte *Urusedek* mit seiner Stimme die Felsen zum Beben gebracht und einen rasenden Nazi-Richter gefällt, doch Schwester *Edith* konnte auf eine Person einreden wie eine Mutter auf ihr krankes Kind. Soviel Zartgefühl hätten sie dieser strengen Person gar nicht zugetraut.

Der nächste Tag war natürlich, wie hätte es auch anders sein können, dem letzten Erlebnis in der Unterwelt gewidmet. *Jakob* meinte zu dem Fall der Pfarrerin: „Wie kann jemand, wenn er ein solches Amt hat, der Lust und dem Vergnügen nachjagen?" „Warum denn nicht?", antwortete Schwester *Edith* spontan. „Wieso soll ein Mensch sich aller Lust entsagen? Die Engel haben es nie getan, sie genossen ihr Leben in vollen Zügen. Erst nachdem wir geschaffen wurden, bekamen sie auch so manchen Kummer mit. Diese hochqualifizierte Frau suchte nur an der falschen Stelle".

Schwester *Edith* meinte weiter: „Es gibt auf Erden zu viele oberflächige Angebote. Das Glück der irdischen Welt gleicht einem flüchtigen Morgenrot und ist zerbrechlicher als Glas. Darauf ist sie hereingefallen. Es gibt aber auch unvergängliche Liebe und ewiges Glück, das hätte sie haben können und ihren anvertrauten Seelen verkündigen sollen. Nun hat sie Zeit, darüber nachzudenken. Irgendwann wird sie schon noch darauf kommen."

Mehr Interesse und Fragen rief die Begegnung mit *der* jungen Frau hervor. *Lucy* bekannte: „In genau dem gleichen Land war ich auch, als Schwester *Edith* mir begegnete". *Sophia* stellte die Frage: *„Edith*, woher hast du das Wasser, dass du der Frau eingeflößt hast?" „Ich habe es aus dem Fluss", antwortete sie knapp. Aufgrund des allgemeinen Erstaunens fuhr sie fort: „Der Strom kommt vom Gebirge, letztlich aber von Gott. Es ist das Wasser des Lebens, das alle Bereiche des Totenreichs durchfließt. In dem Buch, darin *Jakob* immer so fleißig liest, wird auf der letzten Seite alles zusammengefasst mit den Worten: *Wem da dürstet, der komme; und wer da will, der nehme das Wasser des Lebens umsonst.* Manchmal müssen wir den Menschen dieses Wasser bringen. Ihr aber wohnt jetzt nahe dran, trinkt ruhig davon, es wird euch nicht schaden."

Am Abend dachte *Achmed* lange über das Lebenswasser nach. Ihm war der Begriff ‚*Wasser des Lebens'* fremd. War es ein Gesundheitstrank? Bei nächster Gelegenheit wollte er einmal vom Strome trinken. Aber würde dieser Trank ihm helfen? Würde die Vergangenheit ihn nicht immer wieder einholen? Er war zwar nicht mehr der alte. Er hatte die Verführung durchschaut, der er tragischerweise erlegen war und wollte ein anderer sein – und war er es nicht schon? Und doch sagte *Urusedek,* dass in diesem Reich Leute darauf warteten ihn ins Verderben zu stoßen. *Achmed* seufzte: Was sollte er nur tun, um Frieden mit seiner Vergangenheit zu bekommen?

7 Canossagänge

Der nächste Tag lief ruhig an. Erst am Nachmittag trafen sie sich im Freien im Schatten des ausladenden Baumes, unter dem sie schon viele Stunden gemeinsam verbracht hatten. Diesmal waren Schwester *Edith* und *Urusedek* gemeinsam dabei. Schwester *Edith* eröffnete den vieren, dass *Achmed* nun übers Land ziehen müsse, um seine 13 Opfer aufzusuchen. *Urusedek* wird ihn am Anfang begleiten. *Lucy* aber würde mit ihr ins Kinderparadies gehen, um dort jemand zu besuchen. *Jakob* und *Sophia* sind inzwischen so selbstständig, dass sie in dieser Zeit hier allein zurechtkommen. *Lucy* war völlig perplex, als sie das hörte. Wen sollte sie im Kinderparadies besuchen? *Achmed* wurde sehr betrübt, ja, nun holte ihn die Vergangenheit ein. Innerlich hatte er dies erwartet. Er sah ein, dass er seiner Geschichte nicht entfliehen konnte, sie musste angegangen und bewältigt werden. Auch bei den anderen wollte keine Feierlaune aufkommen. Jeder dachte insgeheim daran, wie seine Zukunft wohl aussehen würde. Es lag viel Ungewisses vor ihnen. *Urusedek* aber redete ihnen tröstend zu: „Wo es euch auch hin verschlägt, ihr habt hier eine Heimat, so lange das Totenreich währt. Ihr könnt jederzeit zu dieser Oase zurückkehren, sei es, um Urlaub zu machen oder um Rat zu holen. Welcher Unbill euch auch widerfahren mag, diese Zufluchtstätte am Lebensstrom steht euch immer offen." Insgesamt redeten sie nicht viel an diesem Nachmittag, genossen aber nochmals das Zusammensein.

Am anderen Morgen war es soweit, *Achmed* und *Lucy* verabschiedeten sich von *Jakob* und *Sophia*. Alle schauten traurig drein und sprachen nicht viel. Zum Schluss umarmten sie sich. Schwester *Edith* gab *Jakob* und *Sophia* kurz die Hand, mit der Anweisung, die Zeit gut zu nutzen. Nach ihrer Rückkehr sollten sie sich um die Frau in der Unterwelteinöde kümmern. Darauf könnten sie sich bereits jetzt vorbereiten. Dann ergriff sie *Lucy* bei der Hand und flog mit Hilfe des Teleporting von dannen. Darauf ergriff *Urusedek Achmed* und startete ebenfalls. *Jakob* und *Sophia* schaute ihnen konzentriert nach, bis sie immer kleiner wurden und schließlich zwischen den Berggipfeln ihrem Blick entschwanden. Dann standen sie alleine da. Doch die Umgebung war ihnen vertraut und sie hatten sich für einen erneuten Besuch in der Unterwelt vorzubereiten. Zudem wussten sie, dass Schwester *Edith* und *Urusedek* bald wieder kommen würden.

Bereits am nächsten Tag kam *Lucy* mit Schwester *Edith* wieder zurück. *Sophia* erkannte *Lucy* kaum wieder. Sie war so voll strahlender Freude, als ob sie das große Glück gefunden hätte. Neugierig hörte sie zu, als *Lucy* am drauffolgenden Tag von ihrem Ausflug berichtete:

„Wir schwebten übers Land und dann einem Lichte zu, das uns wie ein Stern am Himmel grüßte. Nebenbei sah ich, wie ein Engel dem gleichen Zielpunkt entgegenflog. Er hatte ein kleines Kind auf dem Arm. Als wir in die Lichtwelt eintauchten, sahen wir eine weite Ebene unter uns. Auf ihr landeten wir. Bald waren wir umgeben von Obstbäumen und singenden Vögeln. Schwester *Edith* sagte mir, dass dies das Aufnahmeland sei, in dem die von der Erde ankommenden Kinder Unterkunft, Betreuung und Unterricht über das Leben in der Ewigkeit bekommen. Dann führte mich Schwester *Edith* in eines der speziellen Kinderparadiese, eine Stadt inmitten einer Ebene voller Blumen, mit Straßen, Bildhauerwerken, Springbrunnen, Bäumen und bunten Vögeln.

In einem Stadtteil führten Alleen zu einem gemeinschaftlichen Zentrum: einem großen runden Bau mit einer grandiosen Glaskuppel. Mir wurde erklärt, dass die Kinder dort Unterricht erhielten bis sie zum Jugendparadies kommen. Neugierig starrte ich durch die gläserne Wand des Rundbaues.

Da unterrichtete gerade eine Lehrerin eine Schar von Kindern. Sie saßen alle ordentlich hinter ihren Tischen und hörten aufmerksam zu. Nun blieb mein Auge an der Lehrerin hängen, es war eine junge hübsche Person, die eine ungemein starke

Liebe ausstrahlte, die die Kinder in ihren Bann zog. Ich konnte kaum meinen Blick von ihr wenden.

Nach einer Weile ertönte ein melodisches Glockenzeichen und eine Kinderhorte stürmte nach draußen. Nun wurde ich von einem lebendigen, ausgelassenen, tollenden Meer kleiner Kinder umgeben. Aber entweder schienen die Kinder mich nicht zu bemerken, oder meine Anwesenheit störte sie nicht. Sie spielten, rannten herum, warfen Bälle, hüpften umher, spielten Fangen oder kletterten in die Obstbäume hinauf. Ich kam mir als Unbeteiligte unter der fröhlich spielenden Kinderschar seltsam und einsam vor. Schwester *Edith* war verschwunden. Wo diese Kinder herkommen, fragte ich mich. Vielleicht sind es Menschen, die im Kindesalter verstorben sind und sich nun an diesem Ort weiterentwickeln?

Die Schulpause war vorüber. Die herum springende Kinderschar verstummte und ging geordnet in ihr Klassenzimmer zurück. Ich atmete auf, es war mir doch etwas unheimlich unter dieser seltsamen Schar. Aber da stand ja noch eines! Es war ein Mädchen im weißen Kleid, vielleicht 7 Jahre alt.

Als unsere Blicke sich trafen sah sie schüchtern zu Boden. Ich hatte den Eindruck, dass sie etwas traurig aussah. Eine Zeitlang sagte keiner von uns ein Wort. Ich hatte Mühe meine Stimme zu festigen und fragte: „Nun, was machst du noch hier? Musst du nicht zum Unterricht?" Das kleine Mädchen musste ziemlich außer Fassung sein, denn sofort zuckten ihre Augen und ihre Lippen zitterten. Endlich sagte sie zaghaft: „Nein, unsere Lehrerin sagte, dass ich heute jemanden treffen werde, der meine Fragen beantworten kann." „Fragen beantworten?" murmelte ich verständnislos. Doch ich fasste mich und fragte: „Wie heißt du denn, mein Spatz?" Diese Frage brachte sie sichtlich in Verlegenheit. Hilfe suchend schaute sie zu ihrem Klassenzimmer.

Endlich sagte sie: „Ich habe keinen Namen." „Meine Freundin und ich sind die einzigen aus unserer Klasse, die keinen Namen haben". Verwundert fuhr es aus mir heraus: „Wieso? Warum habt ihr keinen Namen?" Das kleine blonde Mädchen sagte leise: „Niemand hat uns einen Namen gegeben." „Wo kommt ihr denn her?" entfuhr es mir. Das Mädchen erwiderte: „Wir kommen von der Erde." „Aha!" dachte ich, „ihr seid vielleicht früh im Kindesalter gestorben." Und vernehmlich sagte ich: „Schon recht, mein Blondschöpfchen, aber wer sind dann deine Eltern?" Meine Erwiderung brachte sie erneut in Verlegenheit. Sie zuckte mit den Schultern. Entschuldigend sagte sie dann: „Meine Freundin hat auch keine Eltern."

Ich war nahe daran den Verstand zu verlieren. Ich setzte mich ruhig auf eine Bank und versuchte freundlich zu lächeln: „Äh, ... was wolltest Du mich eigentlich fragen?" Das Kind blinzelte noch ein paar Tränen weg und versuchte Schluchzer zu unterdrücken. „Na, jetzt weine mal nicht. Ist doch alles gut." Das kleine Mädchen sah mich unverwandt an, brachte aber kein Wort heraus. Ich musste etwas sagen. „Ja, ... seid ihr hier nicht glücklich?" Die Kleine blickte nach unten und spielte mit ein paar Grashalmen. „Meistens ..." „Nur meistens?"

Das Kind blickte in die Ferne über den nahe liegenden Bach, tat einen kleinen Seufzer und sagte dann entschlossen: „Willst Du mit in unser Wohnquartier kommen, ich möchte Dir gern etwas zeigen." Froh über diese Wende aus der Verlegenheit antwortet ich: „Sehr gern, wo seid ihr den zu Hause?" „Es ist nicht weit von hier", sagte darauf der Blondschopf. So gingen wir zu zweit eine Allee entlang zu einem stattlichen Wohngebäude mit Innenhof. „Hier wohnen wir mit unseren Erzieherinnen", sagte das Mädchen, indem es mit dem Finger auf die bauliche Anlage wies. Und dann gingen wir auf ihr Zimmer. Es war ein relativ großer lichter Raum der ordentlich und sauber aussah. An der Wand stand ein Bett. Auch gab es eine Spielecke mit einem Regal voller Spielsachen. In der Mitte war ein Tisch, um den vier Stühle standen. Dann zog sie ein Blatt Papier hervor und legte es auf den Tisch. Es war ein Bild von einer Frau, die vor einem Haus stand. Es war mit kindlicher ungelenkter Hand gezeichnet und doch hatte dieses Bild etwas elegant Gekonntes an sich. Das Kind hatte sicher die Fähigkeit, eine Malerin oder Zeichnerin zu werden. Gebannt starrte ich auf das Bild und erkannte allmählich erstaunt, dass es eine nicht zu verleugnende Ähnlichkeit mit mir hatte. Ich sprach zu dem Mädchen: „Dass hast Du aber gut gemacht, mein Schatz. Wen wolltest Du damit malen?" Das Mädchen blickte verlegen zu Boden und sagte leise: „Meine Mutter."

Dies traf mich wie ein Schlag. Auf einmal war mir schmerzlich alles klar. Vor mir stand meine Tochter, die ich abgetrieben hatte. Obwohl sie mich nie sah, hatte sie sich doch ein Bild von mir gemacht. Und mehr als verwunderlich war, wie nahe sie der Wirklichkeit kam. Entsetzt stammelte ich: „Hat dir die Lehrerin von deiner Mutter erzählt?" „Ja." Ich fühlte mich völlig durchschaut und sah ein, dass es keinen Zweck mehr hatte zu schauspielern. Ich bat um einen Zeichenstift und malte neben der „Frau" ein Mädchen. Die Frau bezeichnete ich mit ‚Lucy' und das Mädchen mit ‚Angela'. Erstaunt sah meine Tochter auf meine Ergänzung und fragte: „Wer ist das?" „Das bist du, mein Kind", antwortete ich. „Angela ist jetzt dein Name, denn du bist mein Engel im Himmel." Zum ersten Mal sah ich auf dem Gesicht meines Mädchens ein beglücktes Lächeln.

Inzwischen hatte mein Mädchen mir die Zeichnung weggenommen, blickte darauf und schaute mich schließlich genauer an: „Glaubst du, du könntest mich lieb haben, Mutter?" Ich hätte mein Mädchen am liebsten sofort in die Arme genommen, tat es aber nicht. Ich konnte es nicht. Aber ich sagte: „Liebes, ... ich weiß genau, dass ich dich lieb habe und immer lieben werde." Mein Mädchen nahm dies auf wie ein großes Geschenk und erhellte die Umgebung mit ihrem Lächeln. Sie sagte dann nachdenklich: „Ich habe mich nach Dir gesehnt und wollte dich so gerne sehen und sprechen. Nun bin ich ganz glücklich hier, liebe Mutter und werde froh auf Dich warten und ..." Da stand plötzlich Schwester *Edith* wieder neben mir und sagte, wir müssen zur Schule zurück. Ich gab *Angela* noch einen Kuss und wir verließen das Wohngebäude und begaben uns zur Schule zurück. Dort angekommen, strömten die Kinder schon aus dem Klassenraum. Für sie war die Schule für heute zu Ende. Da trat auf einmal die Lehrerin mit ernster Miene zu mir und zog mich zu einer Bank.

Als sich die junge Lehrerin neben mich setzte, bekannte ich ihr gleich etwas verlegen, dass ich meiner „Begegnung" einen Namen gegeben habe. „Darf ich so etwas hier?" fragte ich beklommen. „Ja, das ist in Ordnung", sagte sie zu meiner Erleichterung. Und dann fuhr sie fort. „Es ist eine uralte Regel, dass die Erdenbürger Namen verteilen. Ob es nun Tiere, Pflanzen, Kinder oder Sterne sind. Wie der Mensch sie nennt, so sollen sie heißen – auch hier. Das gilt solange, bis eine neue Schöpfung (der neue Himmel und die neue Erde) geschaffen wird, dann bekommt jeder einen neuen Namen, der dem entspricht, was er bis dorthin geworden ist. Doch wie heißt sie nun?" „Angela!" „Nicht schlecht, ich werde dafür sorgen, dass sie offiziell unter diesem Namen registriert wird.

Doch nun zu Dir, *Lucy*. Ich muss mich kurz fassen, da Du bald wieder gehen musst. Doch dies will ich Dir mitgeben:

„Was Du getan hast, wird hier alles andere als gut geheißen. Abgetriebene Kinder wachsen zwar auch hier zum vollen Menschenalter heran und werden von uns in allen Lebensstufen gut ausgebildet und betreut. Am Ende ihrer Reifung und Entwicklung können sie einfache Engel werden. Verantwortliche Positionen (wie z. B. Präsidenten, Planetenchefs, Richter, Priester usw.) bleiben ihnen aber verschlossen. Diese sind den Erdenbürgern vorbehalten, die sich in der Konfrontation mit Licht und Finsternis bewährt haben. Das Wachstum zur starken Persönlichkeit können wir hier nicht bieten, da die Auseinandersetzung mit dem Bösen fehlt. Du hast die Laufbahn Deines Kindes von vornherein rigoros abgeschnitten." Dabei sah mich die Lehrerin vorwurfsvoll an. „Wenn ich an das begabte Kind von Dir denke, sie ist meine beste Schülerin, dann muss ich innerlich seufzen. Sie hätte durchaus eine leitende Funktion in einem der vielen Ewigkeitsreiche ausüben können. Du bist schuldig geworden an Deinem Kind und Du bist schuldig geworden vor Gott, denn Du hast seinen Plan mit Deinem Kind vereitelt."

„Ja, so war das und dann bin ich mit Schwester *Edith* wieder hierhergekommen", beendete *Lucy* ihre Schilderung. Mit wachsendem Erstaunen hatte *Sophia* dem Bericht von *Lucy* gelauscht. Dass es solche Einrichtungen überhaupt gab und dass abgetriebene und früh verstorbene Kinder hier weiterleben konnten, versetzte sie in maßlose Verwunderung. Und dann *Lucy*! Wie lebendig sie jetzt wirkte, es sprudelte nur so aus ihr heraus. Wenn sie zum Schluss auch eine Standpauke bekam, jetzt hat sie ihr verlorenes Kind wieder, das Trauma ihres Lebens hatte sich aufgelöst.

Nach zwei Wochen kam auch *Urusedek* wieder – aber ohne *Achmed*. Gebannt lauschten sie seinem Report:

„Wir landeten in Magdstadt vor dem Rathaus. Es war Vormittag und dennoch lag eine gespenstische Ruhe über dem Ort. Nirgends konnten wir eine Person ausmachen. Magdstadt ist, um es wieder ins Bewusstsein zu rufen, eine Stadt der Toten. Ich öffnete das unverschlossene Eingangstor zum Verwaltungsgebäude. Wir gingen zielstrebig auf eine der Innen-Türen zu und klopften an. Es kam keine Antwort. Nach einer kurzen Zeitspanne öffnete ich die Tür. In einem geräumigen Büro saß ein Mann im mittleren Alter hinter einem Schreibtisch. Er blickte nicht auf als wir eintraten, sondern starrte unbeweglich auf ein Bündel von Papieren, die auf seinem Schreibtisch lagen. Als ich mich räusperte, blickte der Mann hinter dem Schreibtisch erschrocken auf. „Ich bin *Urusedek*, und mein Begleiter heißt *Achmed*. Vorsteher! Du weißt um unser Kommen, ich hatte mich bei dir angemeldet." „Sicher! Ich weiß Bescheid", äußerte der Angesprochene dienstbeflissen, damit stand er auf und verbeugte sich vor mir. *Achmed* begrüßte er flüchtig mit einem Kopfnicken. „Es geht, wenn ich mich recht besinne, um *Aladdin* und *Hassan*, die hier an meinem Ort eingewiesen wurden", fuhr der Vorsteher fort: „Euer Schüler hat mit ihnen etwas zu klären?" „Genau!", bestätigte ich. „Gut! Dazu muss ich euch einiges erläutern.

„Magdstadt ist ein Ort, wo unterschiedliche Stände und Kulturen beieinander wohnen und arbeiten. Auf Erden gab es zum Teil recht krasse Gegensätze zwischen den Bewohnern, da waren z. B. der Sklave und der König, die nicht zusammen kommen konnten. Hier leben z. B. Bauern und Fürsten als Nachbarn nebeneinander und arbeiten partnerschaftlich in einer Fabrik. Kurzum, hier geht es darum, dass sich wieder Mensch zu Mensch findet und Standesdünkel abgebaut werden. Haben sich die Menschen einmal auf brüderlichem Niveau gefunden, beginnt ihr eigentlicher Aufbau, zu ihrer Bestimmung und zu den Aufgaben in der kommenden Welt."

Der Vorsteher hielt eine Weile inne, dann sagte er: „Doch der Einführung genug, ihr habt ja ein konkretes Anliegen auf dem Herzen."

„Ja, das haben wir.", seufzte ich, während *Achmed* den Kopf hängen ließ. „Wir wollen wissen, wo *Aladdin* und *Hassan* wohnen, was sie hier treiben und wann wir sie am besten sprechen können." Der Vorsteher hob verständnisvoll den Kopf: „Fangen wir mit *Aladdin* an. Er arbeitet drei Tage in der Woche in einer Brotfabrik. Die übrigen drei Tage besucht er eine Schule. Sonntags ist arbeits- und schulfrei. Wir haben, wie auf der Erde, einen Sieben-Tage-Rhythmus. Die ersten drei Wochentage sind bei ihm Arbeitstage, die in der Regel um 17 Uhr enden. Dann folgen die Unterrichtstage, die nachmittags frei sind. Wenn ihr ihn sprechen wollt, dann am besten nach den Schulstunden, dann steht euch der gesamte Nachmittag zur Verfügung. Ich schlage vor, dass ihr am kommenden Donnerstagnachmittag *Aladdin* besucht. Zu dem Ort führe ich euch hin.

Und nun zu *Hassan*. *Hassan* ist ein Problemkind in unserem Bereich. Anfangs hat er hier gute Fortschritte gemacht, sowohl in der Arbeits- als auch in der Unterrichtstherapie. Dann wurde er immer wieder seelisch krank. Schließlich mussten wir ihn in ein Sanatorium einweisen. Dort ist er nun seit drei Monaten. Zwei oder drei Wochen lang bessert sich sein Zustand, dann gibt es wieder einen Rückfall. So geht es mit ihm immer auf und ab." Ich fragte an dieser Stelle nach: „Weiß man genaueres darüber wo sein Problem liegt?" „Ja, es ist eindeutig seine unbewältigte Vergangenheit. Wenn er an sein abgebrochenes irdisches Leben denkt, steigert er sich in die damalige Situation so hinein, dass er einen Anfall bekommt." *Achmed* wurde bei diesen Ausführungen bleich, während der Vorsteher und ich eine Zeitlang schwiegen. Endlich ergriff der Vorsteher wieder das Wort: „Ich denke, dass ihr das Wesentliche nun wisst.

Wenn ihr die Sache mit *Aladdin* hinter euch habt, kommt *Hassan* dran. Das Sanatorium liegt etwa 3 Wegstunden von hier in einer sehr schönen gebirgigen Gegend. Aus Zeitgründen werden wir am besten dorthin teleportieren. Doch jetzt zeige ich euch das Gästehaus, dort könnt ihr während eures Aufenthaltes in meiner Stadt wohnen".

Dann kam der Tag, an dem wir vor der Wohnung von *Aladdin* standen. Unschlüssig verharrten wir eine Zeitlang vor dem Haus. Eine Glocke war nicht vorhanden. Sollten wir einfach die unverschlossene Tür öffnen und eintreten? Doch da kam schon ein Mann heraus und schaute uns fragend an. Anscheinend hatte er uns durch das Fenster beobachtet. Wir stellten uns vor und sagten, dass wir mit einem *Aladdin* sprechen wollten. Der Mann gab sich als *Aladdin* zu erkennen und forderte uns auf, hereinzukommen. In einer kleinen Wohnstube nahmen wir Platz und *Aladdin* fragte *Achmed,* woher er komme. „Ich komme aus dem Irak" erwiderte *Achmed*. Die Gesichtszüge von *Aladdin* erhellten sich und er rief aus: „Ach, ein Landsmann! Hier hat es meist Menschen aus anderen Kulturen und die meisten davon aus westlichen Ländern. Da tut es gut jemanden aus der früheren Heimat zu treffen. Wie bist du denn ins Totenreich gekommen? Ich meine auf natürliche oder unnatürliche Weise?" Betretendes Schweigen folgte auf diese Frage. Endlich raffte sich *Achmed*, sichtlich nach Worten ringend, zu folgender Antwort auf: „Durch ein Attentat!"

„Dann ging es dir so wie mir", platzte es aus *Aladdin* heraus. „Irgend so ein verblendeter Schuft hat mich in die Luft gejagt. Ausgerechnet zu dem Zeitpunkt, wo ich wieder Hoffnung bekam, durch einen Job meine Familie ernähren zu können." *Achmed* wollte am liebsten im Boden versinken oder fliehen. Dass das Gespräch so schnell auf den springenden Punkt kam, hatte er nicht erwartet. Ihm schnürte es die Kehle zu, so dass er kein Wort herausbringen konnte. Aber er musste nun sein Bekenntnis ablegen, dazu war er doch hierher gekommen. Auf einmal bekam er die Kraft dazu. Irgendetwas machte ihn ruhig. Schließlich antwortete er: „Ich war der Schuft! Ich bin gekommen, um dich deswegen um Vergebung zu bitten." Nun war es endlich heraus. *Aladdin* starrte *Achmed* fassungslos an: „Du warst es? Warum hast du das getan?" „Man lehrte mich, dass ich dadurch das Paradies gewinnen könnte. Ich war damals verführt und wusste nicht, was ich tat. Es tut mir jetzt sehr leid", bekannte *Achmed* kleinlaut. *Aladdin* schaute *Achmed* lange an, endlich äußerte er: „Ich hatte dich anfangs bis in die tiefste Hölle verflucht, weil du mein irdisches Glück zerbrochen hast. Währest du mir noch vor einem Jahr begegnet, ich hätte versucht, dich mit meinen eigenen Händen zu erwürgen. Mittlerweile musste ich hier in dieser Stadt erkennen, dass auch ich verblendet war. Ich hatte durch den Islam ein Überlegenheitsgefühl bekommen, das auf alle herunter sah, die eine andere Lebensführung hatten. Ich sah sie als eine Art von verkommenen Untermenschen an, die keine Zukunft verdienten. Erst nach meinem Tod erkannte ich, dass diese Lehre Hass sät und ihre eigenen Kinder frisst. Magdstadt lehrte mich, dass wir alle Kinder eines Gottes sind und uns versöhnen müssen, wenn wir Zukunft haben wollen." Damit reichte er *Achmed* die Hand und sagte: „Bruder, ich vergebe dir! Ich habe lange genug an meiner Vergangenheit getragen. Heute erkenne ich, dass diese Last für mich zu schwer war. Ich lasse sie nun fallen und vergesse, was da war. Lass uns gemeinsam nach dem trachten, was vor uns liegt." Ich äußerte anerkennend zu *Aladdin*: „Du bist gewachsen und hast recht getan, nur so kann es Zukunft und eine bessere neue Welt geben." Dann standen wir auf und verabschiedeten uns.

In der nächsten Woche teleportierten wir mit dem Vorsteher zu dem Sanatorium, in dem *Hassan* untergebracht war. Wir landeten direkt vor dem gläsernen Eingangstor. Das Gebäude sah wie ein Schloss aus. Es stand in etwa 2.000 Metern Höhe auf einem breiten Felsvorsprung. Cirka 300 Meter hinter dem Gebäude stieg der Berg um weitere 1.000 Meter steil an. Der obere Gipfel bestand aus blanken Felsen, die schimmerten, als wären sie mit Silber- und Goldadern durchzogen. Der untere Teil war mit Bäumen bedeckt. *Achmed* sah sich um; die Aussicht war atemberaubend. 800 Meter unter ihnen, in einem Gebirgstal, lag ein kristallklarer See. An der rechten Seeseite lag eine Alm, die in einen gemächlich ansteigenden Wald überging. Am übrigen Seeufer stiegen die Berge fast senkrecht aus dem Wasser. *Achmed* konnte sich an der wildromantischen Gegend kaum satt sehen. Tief atmete er durch. Er hatte immer gedacht, die Oase am Lebensstrom wäre der schönste Fleck im Totenreich. Jetzt aber musste er sich eines besseren belehren lassen. Der wunderbare Platz auf dem er stand war beeindruckender und lieblicher. Der Vorsteher und ich ließen *Achmed* in aller Ruhe die imposante Landschaft betrachten. Im Totenreich hat man Zeit, die nervöse Hektik der Erdenzeit klingt in diesem Zwischenreich ab. Schließlich bemerkte *Achmed*: „Wie doch die Landschaftsform und Stimmung in diesem Land so schnell wechselt. Vorhin waren wir noch in einem hügeligen Arbeitsland, welches auf Zweckmäßigkeit ausgerichtet war. Und jetzt sind wir in einer Märchenwelt von wohltuender Schönheit." Dazu sagte der Vorsteher: „Ja, im Totenreich liegen Kontraste nahe beieinander, selbst das Paradies und die Schrecken der Unterwelt liegen nicht weit auseinander." Als *Achmed* das Wort ‚Paradies' hörte, stutzte er. Doch ich ergänzte: „Du kennst dies doch auch von unserer Oase her. In der nächsten Nähe unseres Wohnsitzes liegt der Düsterwald und die Unterwelt mit ihren Abteilungen." Während *Achmed* zustimmend nickte, wandte sich der Vorsteher der Eingangstür zu.

An der Rezeption saß eine ernst dreinblickende Frau, die mit ihrer weißen Haube wie eine Krankenschwester aussah. Ich bat sie, uns dem Direktor zu melden. Dienstbeflissen fragte sie nach unseren Namen und sagte, dass das Büro des Direktors im ersten Stock liege und die Zimmernummer 11 habe. *Urusedek* bedankte sich und zusammen stiegen wir auf der teppichbelegten Treppe zum ersten Stock hinauf. Die Diensträume des Direktors waren schnell zu finden, denn überall waren übersichtliche Beschilderungen angebracht. Ich klopfte an die betreffende Tür. Auf ein vernehmliches ‚herein' traten wir ein. Uns entgegen kam ein gut aussehender Mann im weißen Ärztekittel.

„Willkommen Freunde!" begrüßte der Direktor uns und gab jedem die Hand. Dann fuhr er fort: „Ich weiß, warum ihr kommt. Der Bezirksvorsteher von Magdstadt hat mich bereits informiert. Eine delikate Angelegenheit! Bitte setzt euch." Damit wies er uns zu einem nebenan liegenden Besprechungsraum. Dort stand ein großer ovaler Tisch, um den sich Polstersessel gruppierten. Als alle sich gesetzt hatten, sah der Direktor *Achmed* an: „Du bist das erste Mal hier. Wie gefällt dir die Gegend?" „Oh, sehr gut, hier könnte ich es lange aushalten", erwiderte *Achmed*. „Ein paar Tage wirst du hier schon bleiben müssen. Die Begegnung mit *Hassan* wird seine Zeit brauchen. Nach dem Einführungsgespräch lasse ich euch die Zimmer zeigen, in denen du und *Urusedek* übernachten könnt." *Achmed*, noch ganz verdattert, dass er plötzlich im Mittelpunkt der Anrede stand und dabei nicht recht wusste, was er sagen sollte, fragte: „Bist du ein Mensch?" „Natürlich! Was meinst du denn, was ich sei?" Dabei glitt der Blick des Direktors zu mir. „Aber du hast Recht, wenn ich auf deinen Begleiter in seiner Wandertracht schaue, könnte ich auch ein Engel sein. Doch so weit habe ich es hier noch nicht gebracht.

Auf Erden war ich leitender Arzt einer Klinik und nun habe ich hier einen ähnlichen Job bekommen." „Wer hat dir diese Tätigkeit gegeben?", fragte *Achmed* nach. „Der Regierungspräsident von diesem Landstrich!", sagte der Direktor knapp. Der Vorsteher erläuterte: „Die Leute in leitenden Positionen werden hier sorgfältig nach ihren Erfahrungen und Qualifizierungen ausgesucht, um anderen weiter zu helfen."

Bei diesen Worten des Vorstehers legte der Direktor dem neben ihm sitzenden *Achmed* die Hand auf die Schulter und sagte: „Womit wir beim eigentlichen Thema wären. Dein Landsmann und Glaubensgenosse *Hassan* ist in unserem Sanatorium kein einfacher Fall. Wir haben hier schon alles versucht, ohne nennenswerten Erfolg. Er ist traumatisiert und dieses Trauma kannst allein du aufbrechen. Die Medizin für seinen Fall heißt Versöhnung. Ob in eurem Fall Aussöhnung so einfach gelingt, weiß ich nicht. Ich schätze die Chancen 50 zu 50 ein. Jedenfalls ist es gut, dass du hierher gekommen bist; man muss es unbedingt versuchen. Für euch beide steht viel auf dem Spiel. Könnt ihr eure Vergangenheit nicht selbst bereinigen, bleibt nur noch das ‚Letzte Gericht', um eine Lösung zu finden. In diesem Fall werde ich einen Dauerpatienten mehr in der Klinik haben." Verlegen fragte *Achmed*: „Wann kann ich ihn am besten sprechen?" „Morgen Vormittag ist er bei mir in der Sprechstunde, dabei werde ich versuchen ihn etwas auf die Begegnung vorzubereiten. Nachmittags legt sich *Hassan* gern in den Klinikgarten, da könnt ihr euch dazu gesellen und ein unverbindliches Gespräch mit ihm anfangen. Fallt nicht mit der Tür ins Haus. *Hassan* ist sehr sensibel und braucht seine Zeit, um alles verarbeiten zu können. Es ist besser, wenn ihr ein paar Tage länger bleibt und die Sache dabei gut ausgeht, als wenn ihr im Streit unversöhnt auseinander geht. Möge ein guter Geist eure Zusammenkunft leiten." Damit drückte der Direktor auf einen Klingelknopf. Ein junger Mann erschien und der Direktor bat ihn, die Gäste zu den vorgesehenen Zimmern zu führen.

Die zwei Räume waren stilvoll eingerichtet und hatten einen geräumigen Balkon, von dem man auf den See blicken konnte. Wir gingen sogleich auf den Balkon des Zimmers, das *Achmed* zugewiesen bekam. Dort wünschte der Vorsteher *Achmed* und mir viel Erfolg bei unserer Mission und verabschiedete sich. Vom Balkon aus trat er dann sogleich die Rückreise zu seiner Stadt an. *Achmed* schaute ihm dankbar nach und seufzte: „Möge es hier auch so gut gehen wie in Magdstadt."

Am frühen Nachmittag des nächsten Tages sagte ich zu *Achmed*: „Komm! wir müssen nach *Hassan* sehen." Der Garten lag auf einer großen Aussichtsterrasse, die in Richtung Bergsee lag. Aus der Liegeperspektive konnte man zwar den See nicht sehen, dafür aber das großartige Gebirgspanorama bewundern. Überall waren Sitzgruppen angeordnet, manche diskret versteckt zwischen gepflegten Hecken. Auch etliche Tische waren auf dem weitläufigen Rasen verteilt. Nur wenige Leute waren zu sehen. Manche saßen an Tischen und lasen ein Buch oder beschrieben Papier. Nur eine Person lag unter einer mächtigen Eiche auf einem Liegestuhl, nah am Rande eines Abgrundes – einer fast senkrechten Felsenwand, die zum Bergsee hinunter fiel. Ich deutete auf den Liegestuhl und äußerte: „Da liegt *Hassan!*" Dann standen wir neben der Person, die auf der Liege unbewegt ins Weite blickte. „Friede sei mit dir!", grüßte ich den Liegenden. Erstaunt drehte *Hassan* seinen Kopf uns zu. „Wir kommen aus Magdstadt, um dich zu besuchen", fuhr ich fort. Hier neben mir steht *Achmed*, er kommt aus dem Irak und wollte dich kennen lernen." „*Hassan* richtete sich in seiner Liege auf und gab jedem die Hand: „Schön, dass ihr mich besucht. Der Chefarzt hat mir schon angedeutet, dass ich heute Besuch bekomme. Ich heiße Has-

san und war auch in Magdstadt tätig, bin aber nun schon seit drei Monaten in dieser Klinik." *Achmed* bemerkte daraufhin: „Schön ist es hier. An diesem Ort würde es mir auch gefallen." „Ach, an der reizvollen Landschaft sieht man sich bald satt, doch die Betreuung ist hier sehr gut, da kann ich mich nicht beklagen", äußerte *Hassan* etwas traurig. Dann sah er *Achmed* prüfend an und fragte: „Wie lange bist du schon im Totenreich?" „Drei Jahre!". „Drei Jahre?", wiederholte *Hassan* andächtig, so lange bin ich auch schon hier. Mir dünkt, als wäre ich erst gestern umgebracht worden. Die Zeit vergeht so schnell in diesem Reich." Ich befürchtete, dass nun *Hassan* in sein Trauma fallen würde und versuchte abzulenken:

„Drei Monate bist du schon hier in diesem Sanatorium? Was treibt ihr da so Tag für Tag?" *Hassan* lachte ein wenig: „Eigentlich werden wir getrieben von dem Verlangen wieder gesund zu werden. Zweimal in der Woche müssen wir in einer Gruppentherapie mitmachen. Da wird hauptsächlich Sport getrieben. Schwimmen, Tennis oder Handball üben wir zusammen. Hinter dem Sanatorium befinden sich die entsprechenden Sportplätze. Noch weiter hinten gibt es einen freien Grashang, auf dem Modellflieger mit Segelflugzeugen fliegen. Zu dieser Gruppe gehöre ich auch. Seitdem ich auf diesem Berg wohne, bin ich leidenschaftlicher Modellflieger geworden. Etliche von den Patienten, ich glaube es sind insgesamt sieben, lassen sich mit Gleitschirmen gemächlich zu Tal tragen und mit Teleporting wieder in die Höhe befördern. Der Chefarzt der Klinik ist in dieser Gruppe der geübteste Flieger. Mit seinem Gleitschirm stieg er einmal in einer Thermikblase 10.000 Meter hoch. Abends gibt es dann Gesundheitsvorträge oder auch unterhaltsame Veranstaltungen." „Das ist ja wie im Traum. Solche Verhältnisse findet man auf Erden nur selten", rief *Achmed* aus. „Ja, auf Erden musste ich mich abplagen und für meine große Familie sorgen, hier ist es viel angenehmer und trotzdem nicht befriedigender. In Magdstadt durfte ich für andere arbeiten, da fühlte ich mich wohler. Hier dreht sich alles um die Patienten und man hat selber keine sinnvolle Aufgabe. Der Aufenthalt muss hier wohl sein, damit man gesund wird, aber auf die Dauer wird so ein Sanatorium zum Schreckenspalast und das Leben darin zur Hölle."

„Na, na, *Hassan*, jetzt übertreibst du aber ein wenig.", wandte ich ein. Insgeheim hatte ich die Sorge, dass *Hassan* nun auf sein tragisches Erlebnis zu sprechen käme und versuchte auf andere Gesprächsfelder abzulenken: „Die Nachmittage habt ihr hier wohl meistens zur freien Verfügung. Liegst du dann immer im Garten?" „Oft begebe ich mich in den Garten, aber manchmal baue ich auch an einem Modellflugzeug." *Achmed* fragte daraufhin: „Was baust du für ein Flugzeug?" *Hassans* traurige Miene erhellte sich, als er erwiderte: „Es ist ein Hochleistungssegler mit Namen Cirrus, der vier Meter Spannweite hat." Nun war ein unverfänglicher Gesprächsstoff da. *Hassan* erzählte über den Bau seines Flugzeugs, und dass manche von den Heimbewohnern schon 10 Flugzeuge besäßen. Das Material und die Baukästen bekämen sie von einer Firma aus Magdstadt.

Am nächsten Nachmittag mussten wir *Hassan* suchen. Die Zeit war gekommen, mit unserem Anliegen herauszurücken. Doch im Garten fanden wir *Hassan* nicht. „Wo mag er wohl stecken?", fragte ich. *Achmed* antwortete: „Im Speisesaal habe ich ihn noch gesehen. Vielleicht ist er zu den Modellfliegern gegangen?" So machten wir uns auf, um auf der Flugwiese nach ihm zu suchen. Schon von weitem erkannten wir, dass die Piste in Betrieb war. Hoch in der Luft flogen mindestens fünf Modellflugzeuge. Sie kreisten alle in einer Thermikblase und stiegen dabei immer höher. Die eng beieinander gleitenden Flugmodelle riefen in *Achmed* den Eindruck einer bunten kreisenden Kunststoffwolke hervor. „Hoffentlich stoßen die nicht zusammen und stürzen ab", bemerkte er zu mir. Ich sagte: „Dann haben sie mit dem Zusammenflicken wieder etwas zu tun. Die Leute hier haben ohnehin zu viel Zeit." Wir gingen weiter, überquerten die Wiese und steuerten das Aussichtsplateau vor dem Geräteschuppen an. Tatsächlich, dort saß *Has-*

san unter den Piloten, die mit Fernsteuerungen ihre Modelle steuerten. *Hassan* hatte uns bemerkt und winkte. Wir setzten uns zu ihm. Es folgte ein Fachgespräch über Flug- und Landetechniken, sowie über Hangaufwind und Thermik, bis ich schließlich fragte, ob er im Irak auch mit Modellen geflogen sei. *Hassan* schüttelte mit dem Kopf. In seiner Heimat habe man noch nicht einmal gewusst, dass man sich mit so etwas die Zeit vertreiben könnte. Im Irak habe er in armen Verhältnissen gelebt und um den Unterhalt seiner Familie mit fünf Kindern kämpfen müssen. Es war, als hätte ich mit meiner Frage eine Tür aufgestoßen, durch die nun die Vergangenheit von *Hassan* in die Gegenwart quoll.

Er erzählte, dass er in einer Großfamilie in dürftigen Verhältnissen aufgewachsen sei. Sein Vater habe einen kleinen Obstladen betrieben und die Familie hätte kaum das Notwendigste zum Leben gehabt. Schon beizeiten habe er durch Gelegenheitsarbeiten mithelfen müssen, um etwas zum Unterhalt der Familie beizusteuern. Aus diesem Grund habe er keine Ausbildung absolvieren können. Dann habe er eine Stelle in einem Kraftwerk als Hilfsarbeiter bekommen. Durch das regelmäßige Gehalt, das er nun erhielt, ging es wirtschaftlich etwas besser, so dass er heiraten konnte. Doch dann wurde durch Kriegsereignisse das Kraftwerk beschädigt und musste außer Betrieb genommen werden. Da stand er nun arbeitslos mit vier Kindern und es war schwer, in den Nachkriegswirren eine dauerhafte Beschäftigung zu finden. Alles mühsam Angesparte war bald aufgebraucht und der Kampf ums Überleben begann aufs Neue. Nachdem er ein weiteres Jahr sich als Gelegenheitsarbeiter durchs Leben geschlagen hatte, bekam er Arbeit bei einer Erdölfirma. Für seine Verhältnisse verdiente er dort relativ viel Geld und schöpfte wieder Hoffnung auf eine bessere Zukunft. Doch bereits nach einem halben Jahr wurde die Erdölquelle, auf der er arbeitete, durch einen Terroranschlag in Brand gesteckt - und wieder hatte er seinen Job los.

Dann las er in einer Zeitungsannonce, dass der irakische Staat vermehrt Polizisten einstellen und ausbilden wolle, um den Unruhen im Lande Herr zu werden. Er war sich mit seiner Frau darüber einig, dass dies eine Lebensstellung bedeuten könnte, wenn auch bei geringer Bezahlung. Aus der Not heraus beschloss er, sich bei der angegebenen Stelle zu melden. Er war nicht der Einzige, der zum angegebenen Zeitpunkt vor der Polizeikaserne stand. Mit ihm waren es 20 Bewerber, die vor der Pforte auf Einlass warteten. Keiner von den wartenden Männern kam an diesem Tag durchs Tor. Kurz vor dem Einlasszeitpunkt näherte sich ein Lieferwagen der Menge. Zuerst nahm keiner von den Anwärtern von dem Fahrzeug Notiz. Doch dann nahm das Gefährt Geschwindigkeit auf und fuhr direkt auf die Warteschlange zu. Unruhe entstand. Zum Ausweichen war es jedoch zu spät. Der Transporter fuhr direkt in die Menschenmenge und das letzte, was er sah, war ein greller Lichtblitz. In Magdstadt kam er wieder zu sich. Dort habe er so gute Verhältnisse angetroffen, wie er sie nie im Leben hatte, dazu eine ausgezeichnete Betreuung. Es war ihm anfangs wie im Traum. Doch dann kam die Erinnerung an seine Familie mit den inzwischen fünf Kindern. Wie sollten die ohne ihn durchs Leben kommen? – Und es kam die Erinnerung an den üblen Terroristen, der sein Leben von einer Minute auf die andere zerstört hatte. Bitterkeit kam in ihm hoch und je mehr er darüber nachdachte umso mehr steigerte er sich in Hass auf den Attentäter, der seine Familie ins Unglück gestürzt hatte.

Immer wieder sei er von Hass-Anfällen heimgesucht worden. Dies wurde im letzten halben Jahr so schlimm, dass er in dieses Sanatorium eingeliefert wurde. Nach diesem tragischen Bericht schwieg *Hassan* erregt. Auch die beiden anderen schwiegen und ich sah *Achmed* vielsagend an. Nach einer geraumen Zeit, als sie wieder den Modellflugzeugen nachsahen, fasste sich *Achmed* ein Herz:

„Der Attentäter ist mit dir umgekommen und muss irgendwo im Totenreich sein. Was würdest du ihm sagen wenn du ihn treffen würdest?" *Hassan* sah *Achmed* irritiert an: „Daran habe ich noch nicht gedacht. Was ich sagen würde? Ich wüsste wahrscheinlich nicht, was ich sprechen sollte. Vermutlich würde ich mich abwenden und nichts von ihm wissen wollen. Nach solch einer Freveltat ist die Kluft für ein Gespräch viel zu tief, da kann es nur eine bittere Trennung in alle Ewigkeit geben." Ich wandte ein: „Wenn nun aber der Täter aufrichtige Reue zeigt, ihm die Tat sehr leid tut und er dich um Vergebung bittet, würdest du ihn dann nicht anhören?" *Hassan* überlegte ein paar Augenblicke, dann sagte er kurz: „Die Tat wiegt zu schwer, als dass sie gesühnt werden könnte, damit macht eine Aussprache keinen Sinn."

Achmed durch die geäußerte Gesinnung von *Hassan* schwer angeschlagen, rang mühsam nach Worten: „*Hassan*, du machst es mir schwer. Ich bin dein Mörder. Meine Tat, damals im Wahn begangen, liegt mir schwer auf der Seele und ich bin extra deswegen hierher gekommen, um mit dir darüber zu reden. Ich weiß, es ist für dich nicht leicht, aber ich bitte dich inständig, auch um unserer Zukunft willen, vergib mir." *Hassan* sah *Achmed* sprachlos und entsetzt an. Dann wandte er den Kopf und starrte ins Leere. Nachdem sie eine Viertelstunde stumm und dumpf dasaßen, wandte ich mich an *Hassan*: „Du musst nun etwas sagen, es geht auch um dein Schicksal. Wenn du vergibst, könntest du sicher bald von hier geheilt entlassen werden." „Ich kann es nicht!", seufzte *Hassan*. Ich sah ihn verständnisvoll an: „- Und wenn du es könntest, würdest du es dann tun?" *Hassan* sah überrascht und verlegen auf. Nach einer Weile sagte er: „Ich weiß es nicht, gebt mir Zeit bis morgen." „Gut!", sagte ich, „Wir treffen uns morgen wieder im Garten." So verabschiedeten wir uns von *Hassan* und gingen schweren Herzens zurück zum Sanatorium.

Am verabredeten Zeitpunkt fanden *Achmed* und ich *Hassan* im Garten an seinem gewohnten Platz am Steilhang zum See.

Wir redeten erst unverfänglich über das Wetter, indem wir feststellten, dass es keinen Winter gab, man könnte das ganze Jahr über im Garten liegen. So etwas wie eine Sonne würde man hier aber auch nicht sehen. Trotzdem würde es tagsüber wesentlich heller als in der Nacht. Von irgendwo her müssten Lichtstrahlen kommen, die für eine Energiezuführung sorgten.

Nach einer Sprechpause räusperte ich mich und sagte leise: „Ja, Licht brauchen wir hier auch persönlich. Die Dunkelheit im Herzen muss dem Lichte weichen. Damit, *Hassan*, kommen wir wieder zu unserem Gespräch vom gestrigen Tag zurück. Wie hast du dich entschieden?" *Hassan* setzte sich in seiner Liege auf und sah mich voll an: „Ich konnte die ganze Nacht nicht schlafen. Einerseits war mir klar, wenn ich Zukunft und Frieden haben will, muss ich vergeben. Die Last der Unversöhnlichkeit, die auf mir liegt, ist zu schwer, um sie auf Dauer tragen zu können. Andererseits sagte ich mir, so ein Verbrechen kann man doch nicht einfach unter den Teppich kehren und so tun als wäre nichts geschehen. Es war ein fürchterliches Ringen mit widerstreitenden Gefühlen. Als der Morgen kam wurde es in mir lichter und ich erkannte, dass ich nicht den Richter zu spielen habe, dies wird einmal ein anderer tun. Ja, wenn ich die Kraft bekomme, zu vergeben, werde ich es tun!" Ich reichte daraufhin *Hassan* die Hand und sprach: „Das genügt! Du wirst morgen früh zum Chefarzt gehen, er wird auf dein Kommen vorbereitet sein und mit dir eine Therapie durchführen, die dich hoffentlich in die Lage versetzen wird, den entscheidenden Schritt zu tun." Damit ließen wir *Hassan* auf seinem Liegestuhl zurück, so dass er Gelegenheit bekam, den versäumten Nachtschlaf etwas nachzuholen.

Gleich nach dem Frühstück am nächsten Tag, ging *Hassan* zum Büro des Direktors. Bevor er an seiner Tür klopfen konnte trat der Chefarzt schon heraus und stand direkt vor ihm. „Na, *Hassan*", begrüßte er ihn, „du siehst ja aus, als hätte man dich durch die Mangel gedreht. Komm, wir gehen ein bisschen Bergsteigen, damit dir der frische Wind die trübe Sanatoriums-

luft wieder aus dem Geist treibt." „Aber Herr Direktor", wandte
Hassan ein, „ich bin gekommen um mich bei ihnen einer Therapie zu unterziehen." „Menschenskind, wie stellst du dir das
vor? Soll ich dich auf eine schwarze Couch legen und Seelen-
zergliederung betreiben? Ich frage dann: Wo liegt dein Problem? Dann erzählst du mir deine Geschichte, die ich ohnehin
schon kenne, und darauf sage ich: Du hast dein traumatisches
Erlebnis ins Unterbewusstsein verdrängt und von dort her be-
einträchtig es dein Verhalten bis zum Auftreten von Anfällen.
Meine Therapie lautet: Du musst mit dem Verdrängen aufhö-
ren und zu deiner Vergangenheit stehen. Du musst zu deinem
Täter gehen und dich mit ihm versöhnen oder ihn vor Gericht
stellen. Was deine Familie betrifft, musst du Vertrauen haben,
dass die Gesellschaft, in der sie lebt, sie hindurch bringt. Du
kannst von deinem jetzigen Ort ohnehin nichts mehr an ihrer
Situation ändern. Ja, *Hassan*, auf diese Weise habe ich auf
Erden geredet. Du kannst mir glauben, diese Spielchen habe
ich oft betrieben. Es gab eine Zeit, da waren die Leute richtig
verrückt nach einer psychologischen Betreuung und die Psy-
chologen, die sich damit befassten, haben echt Geld verdient.
Das ganze Verfahren lief letztlich auf Selbsterlösung hinaus
und hat bei schweren Fällen regelmäßig versagt.

Nein, *Hassan*, heute machen wir mit dir eine andere Therapie,
eine, die von außen und nicht vom verkorksten Inneren
kommt." Während des Sprechens hatte der Direktor im Flur
einen Wandschrank geöffnet und einen Rucksack entnom-
men, den er sogleich aufsetzte. Dann gingen beide zum Fuß
des Berggipfels hinter dem Sanatorium. Während *Hassan* neben dem Chefarzt hertrottete und über seine Rede nachdachte, war er gespannt darauf, was für eine Therapie wohl auf ihn
wartete.

Nach ca. 300 Metern erreichten sie den steilen Anstieg zum
Gipfel. *Hassan* schaute nach oben. Der Bergkegel, der von
der Sanatoriumsplattform aus noch ungefähr 1000 Meter in
den Himmel ragte, hatte im oberen Drittel kahle Felsen, die

verheißungsvoll ihm entgegen glitzerten. Hassan sah andachtsvoll hinauf, bis er das Gipfelkreuz bemerkte. Peinlich berührt wendete er den Blick wieder ab. Der Arzt bemerkte es und fragte: „Na was ist, *Hassan*?" Hassan erwiderte: „Warum steht da oben ein Kreuz? Die Europäer und Amerikaner hatten in ihren Ländern auf jeden höheren Berg ein Kreuz errichtet. Aber was hat denn ein Kreuz hier zu tun? Für mich ist es ein Zeichen der Kreuzzügler und einer verfälschten Religion". Der Direktor bemerkte: „Das Kreuz steht für dich da!" „Was!? Wieso denn das?" entfuhr es *Hassan*. Der Klinikchef sagte daraufhin, ich will es dir erklären: „Hassan, du hast großes Unrecht erlitten. Der Mann, der am Kreuz starb, hat es auch. Er hat in seinem Leben nur Gutes getan. Dafür hat man ihn ans Kreuz geschlagen. Seinen Peinigern und Mördern hat er aber vergeben. Nicht nur das, er bat auch Gott, dass er ihnen vergibt."

Hassan starrte verständnislos vor sich hin. Da öffnete der Arzt seinen Rucksack und zog eine kleine Fahne heraus. Sie hatte die Farben Schwarz-Rot-Gold. Als Hassan etwas verblüfft darauf sah, bemerkte der Arzt: „Das sind die Farben meines Geburtslandes. Ich bin in Deutschland aufgewachsen und zur Erinnerung tragen wir seine Flagge jetzt mit auf den Gipfel." „Oh Deutschland!", entfuhr es *Hassan*, „das ist ein großartiges Land, da werden gute Autos gebaut." „Ja, es ist ein schönes Land mit einem guten Klima, aber es ist nicht meine Heimat." Auf den fragenden Blick von *Hassan* hin, erklärte der Direktor: „Nicht der Geburts-, sondern der Bestimmungsort ist die eigentliche Heimat. Das ist auch bei dir so, in deinem Geburtsland hattest du nur Mühe und Plage, dazu einen Haufen Sorgen. Vor dir aber liegt die wahre Heimat, dort wirst du die Erfüllung deines Lebens finden. Die schwarze Farbe der Fahne steht für die dunkle Vergangenheit aus der wir kommen. Rot für das unschuldig vergossene Blut und Gold für das Zeitalter, das uns erwartet. Also auf! Steigen wir unserer Heimat zu: Aus schwarzer Nacht durch rotes Blut der goldnen Sonn entgegen."

Damit übergab der Chefarzt *Hassan* die Fahne und begann den Aufstieg. Hintereinander stiegen sie den schmalen Bergpfad hinauf. Mit der Zeit wurde der Aufstieg schwieriger und mühsam arbeiteten sie sich in die Höhe. Bald durchkletterten sie die 2.500 Meter-Marke (500 Meter über der Klinik). Die Aussicht wurde immer besser. Nichts in der Atmosphäre trübte die Sicht. *Hassan* wurde es wunderlich zumute. Vor sich die Autorität des Direktors und hinter sich die Weite des Totenreichs.

Bald jedoch hatte *Hassan* den Mann vor sich vergessen, denn das Land unter ihm fesselte ihn immer mehr. Noch nie hatte er das Totenreich aus dieser Perspektive gesehen. Am Horizont tauchten große Städte auf. Weitflächige Parks rückten ins Blickfeld. In ihnen lagen versteckt architektonisch kunstvoll gestaltete Gebäude. Seenlandschaften mit vielen Gewässern konnte *Hassan* mit der Zeit erkennen. Auf den Seen waren Segelboote auszumachen. In einer Himmelsrichtung lag eine weitflächige Felsenwüste und *Hassan* glaubte, darin kleine Hütten zu erkennen. Insgesamt gewann *Hassan* allmählich den Eindruck, dass es hier nicht viel anders aussah als auf der Erde. An Vielfalt und Schönheit stand das Totenreich den Landschaften der Erde nicht nach, wenn es auch von anderer Stofflichkeit war. Vielleicht, dachte sich *Hassan*, hat das Totenreich nicht die Farbenpracht wie die Erde, und doch hätte er sich dieses Reich nicht so vielfältig vorgestellt. Nach all dem Wenigen, was er auf Erden von dieser Welt gehört hatte, sollte es ein tristes Reich sein, das eher mit einem Grab als einer Wohnlandschaft zu vergleichen war. Während dies alles *Hassan* durch den Kopf ging, kletterten sie weiter in die Höhe. Dann waren sie auf der Bergspitze – und vor ihnen stand das Kreuz.

Lange sahen sie sinnend darauf. Dann bemerkte *Hassan* hinter dem Kreuz ein goldenes Licht in der Ferne. Mit der Zeit glaubte *Hassan,* in dem Schimmer eine Stadt zu erkennen. Aber sie lag sehr weit weg. Doch in dem Schein fühlte sich

Hassan immer wohler. Das Licht durchdrang ihn und läuterte ihn im Innersten. Es war, als würde ein Wust von finsterem Unrat aus ihm hinausgetrieben, so dass er sich dadurch leichter und heller fühlte. Der Arzt sah ihn von der Seite an und sagte leise: „Wir steigen wieder ab."

Der Abstieg ging wesentlich schneller vonstatten als der Aufstieg. Bald waren sie wieder auf der Plattform, wo ihre Wanderung begann. *Hassan* setzte sich noch ganz benommen vom Erlebnis ins Gras. Dann fing er an zu weinen und zu schluchzen. Mit den Tränen spülte er die Bitterkeit und allen Hass fort, den er in den letzten Jahren angesammelt hatte. Die Ausstrahlung des Kreuzes und jener geheimnisvollen fernen Stadt hatten ihn befreit. Neben ihm hatte sich der Arzt auf den Boden gesetzt. Anscheinend hatte ihn diese Therapieübung auch etwas mitgenommen.

Es dauerte ungefähr eine Viertelstunde, bis *Hassan* aufhörte zu weinen. Auf dem Rückweg wurde anfangs kein Wort gesprochen, zu sehr war jeder noch vom Bergerlebnis durchdrungen. Kurz vor dem Sanatorium meinte *Hassan* das Schweigen brechen zu müssen, allerdings mit etwas Belanglosem. Zu hehr und heilig war sein Erlebnis, als dass er jetzt schon davon sprechen wollte. So bemerkte er: „Die Landschaften im Totenreich sind doch recht ähnlich den irdischen." „Ja, das ist richtig", erwiderte der Arzt. „Der Planet Erde und das Totenreich sind beide vergängliche Schattenwelten. Sie sind nebelhafte Abbilder der Wirklichkeit und von daher in ihren Formen und Strukturen ähnlich. Auch die kommende Welt trägt die gleichen Züge. Es gibt dort ebenfalls Gebäude, Landschaften mit Flüssen, und wir werden eine Gestalt haben wie auf Erden – nur eben vollkommen und unvergänglich." Mittlerweile hatten sie die Eingangspforte zum Sanatorium erreicht und der Arzt sagte zu *Hassan*: „Die Fahne kannst du behalten. Sie soll dich an deinen Weg aus der Nacht zum Licht erinnern – und an den Vermittler, der durch sein vergossenes Blut dies ermöglicht hat. Wenn du dich morgen mit deinen Besuchern geeinigt hast, dann kommt alle drei nochmals zu mir, dass wir das weitere Vorgehen besprechen." *Hassan* versprach es und damit gingen sie auseinander.

In der Nacht konnte *Hassan* tief und fest schlafen. Er fühlte sich wie neu geboren, eine schwere Last war von ihm genommen worden. Er hatte sich mit seinem Schicksal versöhnt. Während der Mittagszeit setzte er sich unaufgefordert an den Tisch von *Achmed* und mir. *Achmed* schaute ihn erwartungsvoll an. *Hassan* strahlte über das ganze Gesicht und sagte zu *Achmed* gewandt: „Ich kann und will dir vergeben." Dann reichte er *Achmed* seine Hand und anschließend aßen sie ihr Versöhnungsmahl. *Achmed* war unendlich erleichtert, konnte aber, beklommen von der Situation, vorerst nichts sagen. *Hassan* jedoch war so glücklich, wie er es noch nie gewesen war. Während *Achmed* noch eine Reihe ‚derartiger Fälle' vor sich hatte, lag vor *Hassan* nun eine unbeschwerte Ewigkeit mit besten Bedingungen. Am Schluss erwähnte *Hassan* noch, dass der Direktor mit uns sprechen wollte.

Nach der Mittagspause traten wir in das Büro des Chefarztes. „Na, was machen meine Problemkinder?" rief er uns zu. „Ihr braucht mir nichts zu sagen, ich sehe euch an, dass es gut gelaufen ist. Doch nun zum nächsten Akt. Du, *Hassan*, darfst wieder nach Magdstadt zurückkehren. Der Ortsvorsteher dort wird dir einen neuen Job zuweisen oder dich an einen anderen Ort versetzen. Und du *Achmed* wirst die Reise zu einem neuen Klienten antreten. *Urusedek* wird dir das Nötige dazu sagen". Es wurden noch ein paar Worte gewechselt und nachdem das kurze Gespräch beendet war, gingen wir erstmal wieder auf unsere Zimmer zurück.

Ich wandte mich nun an *Achmed* und sagte: „Dein nächster Bestimmungsort ist Glückstadt, möge dir das Glück dort ebenfalls hold sein. Dem Ortsvorsteher habe ich Bescheid gesagt, er wird dich zu deinem nächsten Opfer bringen. Wenn du den Fall abgeschlossen hast, verständige mich über Telekomming, damit ich dir deinen nächsten Kunden nennen kann." *Achmed* wandte ein: „Wenn der Bürgermeister in Glückstadt aber mir als Unbekannten nicht helfen will"? Lachend sagte ich: „Davor wird er sich hüten. Ich bin als Beauftragter für Sonderfälle weisungsbefugt über alle Stadt- und Institutionsvorsteher, selbst über Landesfürsten. Eine Auftragsverweigerung kann den Job kosten. Aber das ist nicht zu befürchten. Diese Leute haben eine lautere Gesinnung und ihre Passion ist es, Dinge wieder in Ordnung zu bringen, die auf Erden aus dem Ruder gelaufen sind. Trotzdem, wenn es Schwierigkeiten gibt, rufe mich an. Ich werde jetzt wieder zu *Jakob* und *Sophia* zurückkehren. Mal sehen was sie inzwischen so getrieben haben." Dann drückte ich *Achmed* die Hand, ging zum Balkon und flog zu euch zurück."

Jakob, Sophia und *Lucy* hatten gespannt zugehört. Ihre Mienen wurden bei dem Bericht immer ernster. Fühlten sie doch bei dem Report, welche fundamentale Bedeutung Versöhnung in diesem Zwischenreich hatte. Schwester *Edith*, die auch die Erzählung von *Urusedek* mit anhörte, war sichtbar erfreut, dass bei den ersten zwei Fällen Vergebung zustande kam, aber es war auch nicht zu verkennen, dass sie sich innerlich Sorgen machte wegen der weiteren Mission von *Achmed*. *Jakob* fand als erster wieder Worte: „Gut, dass du wieder da bist. Ich dachte, du würdest eher zurückkehren." „Ja, es hat etwas länger gedauert als ich gemeint hatte. Dafür ist es gut gegangen. Ich hoffe nur, dass es bei den übrigen elf ebenfalls klappt. Aber sagt, wie ist es euch inzwischen ergangen?"

8 Sophias Traum

Jakob erwiderte *Urusedek*:
„Einen Tag, nach dem Schwester *Edith* zurückkam, suchten wir die junge Frau in der öden Felsenlandschaft auf, die wir schon einmal besucht hatten. Schwester *Edith* ließ uns alleine dorthin gehen und gab mir deinen weißen Stab mit – sehr zu unserer Überraschung. Nach einigem Probieren konnten wir aber alle Zugänge öffnen. *Sophia* hatte eine Feldflasche mit dem Flusswasser dabei. Wir trafen die Frau, die *Julia* hieß, so wie wir sie verlassen hatten. Sie saß noch immer über einen Felsen gebeugt in tiefem Nachdenken versunken.

Als wir sie aus ihrer Lethargie herausholten, erkannte sie uns wieder. Wir fragten: „Wie geht es dir?" „Ach", erwiderte sie, „ich weiß immer noch nicht, was ich im Leben falsch gemacht habe. Warum bin ich nur hier an diesem trostlosen Ort gelandet?". *Sophia* ließ sie dann aus ihrer Flasche trinken. Danach sah sie etwas besser aus. Wir fragten sie daraufhin nach ihrem irdischen Werdegang.

War es das Lebenswasser? Ihre Lebensgeschichte sprudelte nun jedenfalls nur so aus ihr heraus: „Meine Mutter war alleinerziehend und eine gute Katholikin, die mich streng in ihrem Glauben erzog. Allen weltlichen Freuden musste ich entsagen und regelmäßig zur Kirche gehen und beten. Das war mir etwas zu eng. Nach der Realschule absolvierte ich eine kaufmännische Lehre und bekam eine Stelle als Buchhalterin in einem großen Konzern. Nun verdiente ich genug Geld, um auf eigenen Füßen stehen zu können. Ich zog von zu Hause fort mit der Absicht, endlich der Bevormundung durch meine Mutter zu entfliehen.

Fern von meiner Mutter hatte ich etwas nachzuholen. Abends besuchte ich mit Freunden Partys und kam mit Rauschgift in Berührung. Endlich hatte ich das volle Programm. Ich war auch sehr naturverbunden und sah in der Schöpfung meine heilige Mutter. Dem christlichen Glauben sagte ich ab. Stattdessen wandte ich mich der Esoterik zu, um von den mittelalterlichen Vorstellungen der Kirche mit Himmel und Hölle zu entkommen. Ich betrachtete den Körper als eine vorübergehende Behausung der Seele, ja als einen Kerker, aus dem ich mich befreien müsse. Die Erlösung von der körperlichen Existenz strebte ich durch Bewusstseinserweiterungen an, die zunächst zu einer Wiedergeburt auf höherer Stufe führen sollte, schließlich aber zur endgültigen Befreiung aus den Körperwelten nach Beendigung einer Reihe von Wiedergeburten (Reinkarnation, Seelenwanderung). Die Bewusstseinserweiterung erreichte ich durch Literatur und Drogenkonsum. Meine kleine Wohnung war bald voll von esoterischen Büchern aller Art. In der Bücherei meiner Wohnstadt war ich Stammgast. Das christliche Jenseits aber wurde mir zu einem Phantasieprodukt, Gott zu einer überflüssigen Idee. In der Mitte meiner Anschauung stand der Mensch, der sich von Stufe zu Stufe weiter entwickelt und zum Schluss sich als Herrn der Welt inthronisiert."

Als *Julia* eine Sprechpause machte, sagte ich: „Dein säkulares Weltbild hat aber auch eine Kehrseite. Wenn du Gott in ein Nichts auflöst, beraubst du dir einen Gesprächspartner, eine sinngebende Instanz, die dir Halt, Zuflucht und damit eine Quelle von Trost und Hoffnung sein kann." *Julia* schaute mich verwundert an, ich aber fuhr fort: „Indem du Himmel und Jenseits als puren Wahn bezeichnest, nimmst du dir den Ausblick auf eine andere, höhere Daseinsmöglichkeit und sperrst dich in den engen Käfig des irdischen Seins und hältst dich in dieser Einöde hier gefangen.

Wie kamst du eigentlich in so jungen Jahren schon ins Totenreich?" *Julia* hatte sichtlich Mühe, etwas zu erwidern. Da gab ihr *Sophia* wieder einen Schluck vom Lebenswasser. Danach bekannte sie verlegen: „Ich wurde rauschgiftsüchtig und nahm immer mehr Heroin zu mir. Eines Tages habe ich es übertrieben. Im Alter von 27 Jahren gab ich mir den „goldnen Schuss".

In der darauffolgenden Halluzination lallte ich: Meine geliebte Erde und große Mutter, endlich ist für mich die Stunde gekommen, mich mit allen Leben und dem Universum zu vereinen. Danach erwachte ich hier." *Sophia* starrte *Julia* verdutzt an. Ich aber nickte mit dem Kopf und sprach: „Ja, das ist die düstere Konsequenz eines Denkens und Handelns, über das viele Menschen in dieser sterilen Wüstenei nun nachdenken. Indem du dich von Gott trenntest, hast du dir in Wahrheit den Lebensatem genommen, die Ferne verschlossen und jeden Höhenflug verhindert. Und jetzt lehnst du dich trübsinnig an einem Felsen und denkst über deine Existenz und Bestimmung nach."

An dieser Stelle wandte *Sophia* ein: „Wenn an der Lehre von der Seelenwanderung nur ein Hauch wahr wäre, müsste nach über 100.000 Jahre Menschheitsgeschichte die Welt eigentlich besser geworden sein. Jeder, der wiedergeboren wird, müsste es aufgrund vorheriger Erfahrungen im neuen Leben doch richtiger machen. Aber es ist kein Fortschritt erzielt worden. Die Technik hat sich zwar nach Erfindung des Buchdruckes ständig weiterentwickelt – der Mensch aber nicht. Selbst wenn er sich an sein früheres Leben nicht mehr erinnert, so hätte er doch aus der dokumentierten Geschichte lernen können; aber er war dazu nicht in der Lage. Er ist über Jahrtausende der gleiche geblieben und lernte nichts aus der Vergangenheit. Stattdessen schmiedet er nach wie vor fleißig an seinem Unglück. Wenn die Reinkarnation tatsächlich existieren würde, wäre sie ein grandioser Fehlschlag, der den Menschen an den vergifteten Dunstkreis der Erde bindet, bis er endgültig mit dem Planeten untergeht, als sinnloses Stäubchen im Universum."

Julia erwiderte widerwillig: „Ja, ich merke jetzt auch, dass ich mit meiner Vorstellung nicht ganz richtig lag. Aber was soll ich nun machen? Wisst ihr einen Weg aus meiner Misere?" „Ja, den wissen wir", sagte ich, froh darüber, dass sie nun bereit war, sich etwas sagen zu lassen. „Schau *Julia,* wir lagen mit unserer Weltanschauung auch falsch und mussten uns hier korrigieren lassen. Der Christus, den deine Mutter anbetete, ist hier der Chef. Er ist zudem der Weg, die Wahrheit und das Leben. Und was das Beste ist, er übernimmt die Verantwortung für unsere falschen Handlungen und gibt uns damit eine neue Zukunfts-Perspektive. Du darfst hoffen, es wird alles gut werden."

„Das kann doch nicht wahr sein", rief *Julia* erregt, „dass meine Mutter recht hatte." Ich sagte lachend: „Es mag sein, dass deine Mutter pädagogisch nicht klug vorging, aber Mütter haben öfters recht, als ihre Kinder meinen. Wie auch immer, wenn du willst, versuchen wir dich hier raus zu holen und auf ein Orientierungsseminar zu bringen. Dort wirst du mehr über die reale Welt erfahren, und dann kannst du dich immer noch entscheiden, in welche Richtung du gehen willst." *Julia* meinte daraufhin erleichtert. „Ich bin froh wenn ich von hier weg komme."

Schwester *Edith* erklärte daraufhin zu *Urusedek* gewandt: „Wir sind dann übereingekommen, dass wir *Julia* hierher holen, sobald der jetzige Lehrgang abgeschlossen ist. Bis dorthin kann sie noch etwas über die Worte von *Jakob* und *Sophia* nachdenken. Ich selbst werde auch noch mit der Pfarrerin dort sprechen. Vielleicht können wir sie ebenfalls mit hier aufnehmen. Für dich *Urusedek* wird sie zwar eine harte Nuss sein, aber du bist ja hier schon einiges gewohnt." *Urusedek* erwiderte lächelnd: „Gerne will ich mich um die neuen Himmelsanwärter kümmern. Es wird mir eine Freude sein, sie Gott näher zu bringen."

Als *Sophia* in der darauffolgenden Nacht alleine in ihrem Zimmer lag, dachte sie lange über die Begegnung in der Felseneinöde nach. Aber nicht nur dieses Erlebnis, sondern auch alle Eindrücke, die sie bisher in der Geisterwelt hatte und von denen sie hörte, gingen ihr durch den Kopf. Ihr kam auf einmal alles so unwirklich vor. Wenn einer auf Erden ihr davon erzählt hätte, sie hätte es als Fantasieprodukt eines einfallsreichen

Schriftstellers abgestempelt. Aber nun war sie mitten drin, in dieser so unwirklich anmutenden Sphäre. Wie doch *Jakob* mit *Julia* gesprochen hatte, sinnierte sie. Mit welch hehren Worten er auf sie einredete, um ihr die Lebensausrichtung auf Gott schmackhaft zu machen. Nun ja, er war ein Rabbi und da wohl in seinem Element. Und wie kam er dazu, als eingefleischter Jude, plötzlich von Christus als den Weg, die Wahrheit und das Leben zu reden? Woher hatte er diese Weisheit? Vielleicht hatte er sie aus dem Buch, worin er so oft las, überlegte sie weiter. Jedenfalls wünschte sie *Julia* von Herzen, dass ihr weiter geholfen würde.

Aber so ganz allmählich ging ihr ein Licht auf und sie konnte das Geisterreich einordnen. Sie analysierte: *Bei allem was ich hier erlebt und gelernt habe, ging es immer darum, Menschen zu helfen und weiter zu führen. Irgendwie ist dies hier so etwas wie eine universelle Heilanstalt.* Sie dachte an ihre Jugend zurück. Von Kind an war es ihr sehnlichster Wunsch, Menschen zu helfen. Deswegen hatte sie Medizin studiert und sich schwer ins Zeug gelegt – und nun war sie in einem „Sanatorium" gelandet! Das war folgerichtig. Aber konnte sie als unerfahrene Person hier helfen? Ach Unsinn, sagte sie sich, das sind ja Hirngespinste!

Nach einiger Zeit des Nachdenkens kam ihr der Präsident in den Sinn, der auf Erden Christus hieß. Bewundernd musste sie feststellen, dass diese Person hier eine Therapieanstalt geschaffen hat, in der die gesamte Menschheit aufgenommen, versöhnt und geheilt wird. Wohin das führen sollte wusste sie zwar nicht, aber fasziniert war sie von dem Gedanken, hier eventuell mitmachen zu dürfen – das wäre die Erfüllung eines Traums. Auf einmal stand ihr Konfirmandenspruch lebendig vor ihr: *Christus spricht: wer an mich glaubt, der wird leben, ob er gleich stürbe.* Sie buchstabierte ihn jetzt von rückwärts. Ja tatsächlich, sie war gestorben, und doch lebte sie, und sie glaubte an das Werk des Präsidenten! Der Spruch, mit dem sie damals nichts anfangen konnte, wirkte jetzt wie ein Lockruf. Ob sie mal mit Schwester *Edith* darüber sprechen sollte? Vielleicht konnte sie einen Handlanger-Job in diesem Unternehmen hier bekommen? Beklommen war ihr bei dem Gedanken schon zumute. Doch irgendwas drängte sie dazu.

Am nächsten Tag nach dem Unterricht bat *Sophia* Schwester *Edith* um ein Gespräch. Schwester *Edith* war bereit, und sie vereinbarten einen Termin am Nachmittag. Etwas flau war's *Sophia* schon, als sie am Nachmittag in das Büro von Schwester *Edith* eintrat. Wie würde sie auf ihr Anliegen reagieren. *Sophia* stellte sich vor, das Schwester *Edith* sie streng anschaute und dann vorwurfsvoll in ihre Schranken verwies. Doch *Edith* ließ sie erst einmal auf einen Stuhl sitzen. Nachdem sie ein paar belanglose Worte gewechselt hatten, fragte sie freundlich nach ihrem Anliegen. *Sophie* erzählte aus ihrer Jugendzeit, von ihrem Medizinstudium und ihrem Wunsch, Menschen dienen zu wollen. Zum Schluss fragte sie, ob sie hier nicht mithelfen könnte, da es doch vorwiegend darum ginge, Menschen ganzheitlich zu heilen.

Es kam anders als es *Sophia* erwartet hatte. Schwester *Edith* fing an zu strahlen und sagte erfreut: „Ach, *Sophia*, wie froh bin ich über deinen Wunsch. Er bestätigt mir, dass meine Arbeit hier nicht vergeblich ist. Ja, darum geht es. Die Lehrgangsteilnehmer sollen letztlich in die Aufgaben des Präsidenten integriert werden. Dass dieser Wunsch sich bei dir schon hier entwickelt hat, macht mich glücklich. Trotzdem, habe noch etwas Geduld. Auf Erden musstest du dein Studium abbrechen – hier sollst du es gründlich fortführen und erweitern. Deine Chance wird aber kommen, dessen bin ich mir sicher. Mit Interesse werde ich deinen weiteren Werdegang verfolgen.

9 Ein Gerichtsverfahren

Die nächsten Monate waren für die drei eine gute Zeit. Sie verstanden sich mit Schwester *Edith* immer besser und lernten Zusammenhänge verstehen, wovon Wahrheitssucher und Philosophen auf Erden nur träumen konnten. Ab und zu kam ein Anruf von *Achmed*. Er hatte sich tapfer von Ort zu Ort durchgeschlagen und bereits sieben seiner Opfer aufgesucht. Bei Sechsen kam eine Versöhnung zustande. Eine Person war jedoch nicht bereit, *Achmed* zu vergeben. Von ihr wurde er wüst beschimpft und aus dem Haus geworfen. Zumindest wegen diesem Fall würde *Achmed* vor dem letzten Gericht angeklagt werden. *Urusedek* versuchte ihn damit zu trösten, dass er ihn im Gericht verteidigen würde. Sechs Fälle lagen jedoch noch vor *Achmed* und man wusste nicht, wie es mit denen ausgehen würde. *Jakob* seufzte, als er an die Zukunft von *Achmed* dachte. Wahrlich, kein leichter Gang, ging es ihm durch den Kopf.

Dann kam *Achmed* wieder. Ein Jahr war er insgesamt unterwegs und hatte dabei das halbe Totenreich durchstreift. Er war völlig erschöpft von den Begegnungen, die für Opfer und Täter meistens recht aufregend waren. Mit 11 Personen konnte er sich versöhnen. Bei Zweien kam trotz inständigen Bemühens keine Einigung zustande. Vom ersten haben wir schon gehört. Der zweite Unversöhnliche, er hieß *Sharif*, ging sofort mit einem Spaten auf *Achmed* los und schlug wie wild auf ihn ein. Auf Erden wäre er dabei schwer verletzt oder gar getötet worden. *Achmed* hatte also nun noch für einen weiteren Fall vor Gericht gerade zu stehen. *Urusedek* empfahl *Achmed,* sich erst mal in der Bergoase zu erholen. Er würde ihn dabei noch etwas in sein bevorstehendes Gerichtsverfahren einführen.

Zu *Lucy* aber sprach Schwester *Edith*: „Du warst nun die längste Zeit hier. Die Grundkenntnisse über diese Welt haben wir dir beigebracht. Für dich ist es Zeit zum Lebensgericht. Dort werden dann die Weichen für deine weitere Zukunft gestellt." „Gericht!?", erwiderte *Lucy* stotternd. „Muss auch ich ins Gericht?" „Ja, das muss jeder. Aber ich denke, es wird bei dir nicht so schlimm werden. *Sophia* und ich werden dich begleiten."

Ein paar Tage später sagte dann Schwester *Edith* zu *Sophia*: „Ich werde dich morgen zum Gerichtshof mitnehmen. Da kannst du den Prozess über *Lucy* verfolgen, damit du siehst, wie so etwas vor sich geht – und dann kommst auch du irgendwann dran! Vor dir aber kommen noch *Achmed* und *Jakob* an die Reihe."

Nach dieser Eröffnung von Schwester *Edith*, war auch *Sophia* etwas mulmig zumute. Es war für sie ein beklemmendes Gefühl, vor einem Richter gestellt zu werden, der sie zu beurteilen und womöglich zu bestrafen hätte. Wie würde die Sache bei ihr ausgehen, und was würde dort mit ihr geschehen? Sie hatte einen ausgeprägten Gerechtigkeitssinn. Dass Attentäter wie *Achmed*, oder Massenmörder wie *Himmler*, vor einem Gericht zu erscheinen hatten, war unumgänglich. Ein Gericht musste es geben. Doch dass sie nun selbst vor ein Gericht gestellt werden sollte, diese Möglichkeit hatte sie bisher nicht ernsthaft erwogen.

Schwester *Edith* eröffnete am nächsten Tag *Achmed* und *Jakob*, dass sie mit *Lucy* und *Sophia* nach Gerichtsstadt fliegen würden. *Urusedek* würde sich derweil um sie kümmern und mit ihnen später nach Gerichtsstadt kommen. Dann ging es los. Schwester *Edith* flog mit den beiden Frauen mittels Teleporting ungefähr drei Stunden über das Totenreich hinweg, bis sie in der Ferne einen goldenen Lichtschein erblickten. Schwester *Edith* deutete darauf und bemerkte: „Dahinten ist das Paradies, davor liegt Gerichtsstadt." Jetzt sah auch *Sophia* die graue mächtige Stadt. Gewaltige Bauwerke ragten dort in die Höhe und in der Mitte befand sich eine Anlage, die aussah wie ein riesiges Stadion. „Was ist das?", fragte *Sophia*. „Das ist das Gerichtsforum, es bietet ungefähr 100.000 Personen Platz. Es wird für Prozesse benutzt, die von allgemeinem Interesse sind. Hier werden zum Beispiel Staatsmänner wie *Hitler* oder *Stalin* vor Gericht gestellt." „Und was ist mit den anderen Gebäuden? Sind das alles Gerichtsgebäude?" „Etwa zur Hälfte. Die übrigen Bauwerke sind meistens Hotels für die Unterbringung der Ankläger, Beschuldigten und Zeugen. Auch ein Untersuchungsgefängnis gibt es hier, für Leute, die man nicht frei herumlaufen lassen kann."

Während der Unterhaltung hatten sie sich der Stadt genähert und schon schwebten sie darüber und ließen sich vor einem mittelgroßen Gebäude nieder. *Sophia* schaute sich um. Die Straßen waren breit aber leer. Totenstille lag über dieser Stadt; eine Art gespanntes erwartungsvolles Schweigen, wie die Ruhe vor dem Sturm. *Sophia* schauderte. Hier war es so ganz anders als in der lieblichen Flussoase. In der Atmosphäre knisterte es unhörbar schicksalhaft. *Sophia* glaubte zu ahnen, dass die Stadt an einem bodenlosen Abgrund lag, aber auch auf der Seite der Herrlichkeit ruhte. Hier standen Ewigkeiten auf Messersschneide. Hier war der Ort wo sich Vergangenheit und Zukunft voneinander schieden und endgültige Weichenstellungen getroffen wurden. Die Stimmung dieser Gerichtsstadt drückte *Sophia* aufs Gemüt und in ihrem Innern schrie es: „Flieh, flieh hinaus ins weite Land, fort, fort, von diesem schweren schicksalhaften Ort." Doch ruhig nahm *Edith Lucy* und *Sophia* an die Hand und führte sie in das anvisierte Gebäude. An der Pforte saß ein ernst blickender Mann. Schwester *Edith* fragte ihn nach dem Gerichtssaal. Der Pförtner wies ihnen den Weg. Obwohl die Gerichtsverhandlung noch nicht begonnen hatte, war der Saal schon ziemlich gefüllt. Für *Sophia* fand sich in den hinteren Bänken noch ein Platz. Schwester *Edith* aber ging mit *Lucy* nach vorne und setzte sich auf die Anklagebank. *Sophia* musterte den Raum. Der erhöhte Richterstuhl war noch unbesetzt. Aber daneben saß aufrecht ein majestätisch wirkender Mann mit strengen Gesichtszügen. *Sophia* schoss der Gedanke durch den Kopf: Das muss der Richter sein! Niemand im Raum glich dieser

Person. Keiner blickte so abgeklärt, wissend und überlegen drein wie er. Unterhalb des Podests waren drei Bänke aufgestellt. Auf der linken saß ein schlaksig aussehender Mann im schwarzen Anzug. Seine Gelassenheit wirkte recht professionell und er schien schon vielen Gerichtssitzungen beigewohnt zu haben. Die Bank rechts außen war mit einer schönen Frau besetzt, die ernst vor sich hin blickte. Die wird als Klägerin auftreten, dachte sich *Sophia*.

Auf der Mittelbank saß die Angeklagte mit Schwester *Edith*. Ängstlich und traurig ließ *Lucy* den Kopf hängen. *Sophia* ließ mitfühlend den Blick auf ihr ruhen, sie würde wohl bald auch solch eine ‚Sünderbank' drücken müssen.

Als *Sophia* noch in ihren Betrachtungen versunken war, tat sich die zweiflügige Tür hinter dem Gerichtsthron auf. Zwei starke und schmuck gekleidete Gerichtsbeamte traten hindurch und stellten sich rechts und links neben den Türpfosten. Jetzt wird gleich der Richter kommen, dachte sich *Sophia*. Der streng blickende Mensch neben dem Richterstuhl ist es wohl doch nicht. Und dann kam er. Nein, sie kam. Zum Erstaunen von *Sophia* war es eine Frau, die in den Gerichtssaal schritt. Alle standen auf. *Sophia* blickte fasziniert auf die Richterin. Sie war unglaublich schön und hatte ein weißes Kleid an. Mit ihrer Ausstrahlung schlug sie sofort alle in ihren Bann. Sie setzte sich, und mit einer leichten Handbewegung gab sie den Anwesenden das Zeichen sich ebenfalls zu setzten. *Sophia* konnte den Blick nicht von ihr abwenden und ihr kam es vor, als ob trotz ihres beeindruckenden Auftretens eine gewisse Zurückhaltung, wenn nicht gar Schüchternheit, in ihrem Benehmen läge. Auf einmal traf es sie wie ein Schlag. Auf dem Richterstuhl saß *Annegret*! Das Herz schlug in ihr wild und sie fragte sich, ist sie schon so weit? Ist sie bereits als Richterin eingesetzt? Doch zum Nachdenken blieb ihr keine Zeit. Die Richterin gab dem Mann auf der linken Bank ein Zeichen. Er stand sofort auf und eröffnete die Sitzung. Dann verlas er laut die Anklageschrift, so dass es jeder im Saal gut hören konnte.

Anscheinend war er der Staatsanwalt. Die Anklagepunkte erstreckten sich über mehrere Seiten und es dauerte eine Weile, bis er sie routinemäßig herunter gerasselt hatte. Der wichtigste Teil darin war, dass *Lucy* in eine andere Ehe eingedrungen war und sie das daraus entstehende Kind abtreiben ließ.

Die Richterin wandte sich nun der Anklägerin zu und bat sie, ihre Anklage vorzutragen. Die attraktive Frau stand auf und sagte: „Ich stehe hier, um meine Anklage zurückzuziehen. Vor kurzem wurde mir in einem Beurteilungsgespräch deutlich, wie viel mir vergeben wurde – und ich habe nicht gerade als Heilige gelebt. Nein, ich kann *Lucy* jetzt nicht mehr verdammen, wegen Handlungen, die ich selbst in meinem irdischen Leben ausübte.“

Die Richterin nickte, fragte aber skeptisch nach: „Bist du wirklich bereit, vorbehaltlos von ganzen Herzen zu verzeihen, schließlich hat sie zerstörerisch in deine Ehe eingegriffen?“ „Ja das bin ich!“ sagte sie mit klarer Stimme. „Ich muss zugeben, dass ich damals sehr verbittert war über die Affäre von meinem Mann mit dieser Frau. Aber ich kann ihr das nicht ewig nachtragen, es würde nur meine Zukunft hindern. Hier gibt es ohnehin keine Ehe mehr und ich hoffe darauf, dass auch mir so vorbehaltlos vergeben wird, wie ich ihr jetzt vergebe.“

Die Richterin schien mit der Antwort zufrieden und fragte *Lucy,* ob ihr der damalige Ehebruch leid tue. *Lucy* nickte mit dem Kopf. „Dann geh hin und entschuldige dich“, sagte die Richterin streng. Langsam, verlegen und ängstlich erhob sich *Lucy,* aber da kam ihr schon die Anklägerin entgegen und reichte ihr die Hand. *Lucy* stammelte: „Es tut mir sehr leid, was ich dir angetan habe, bitte vergib mir“. Ihr Gegenüber antwortete: „Schwester, ich habe dir schon vergeben. Als Christus mir vor einigen Tagen meine gesamte Schuld vergab, da bekam ich auch die Kraft, dir völlig zu vergeben.“ Und dann umarmte sie die verdatterte *Lucy.*

Sophia hatte während dieses Vorgangs die Richterin genau beobachtet. Ihr Gesichtsausdruck drückte Erleichterung aus, aber sie glaubte auch zu bemerken, dass eine gewisse Verwunderung sich in *Annegrets* Gesicht spiegelte. *Sophia* folgerte, *Annegret* hat höllische Qualen im Feuersee auf sich genommen, um völlig vergeben zu können – und dieser Frau, die wahrscheinlich in Saus und Braus gelebt hat, fällt dies einfach so in den Schoss.

Was *Sophia* in diesem Moment nicht erkannte war, dass die Frau, für diesen speziellen Fall, göttliche Kraft bekommen hatte, zu vergeben, während *Annegrets* gesamtes Leben in einem Schmelztiegel von allen Schlacken gereinigt wurde – sie war jetzt makellos, wie reines Gold.

Jedenfalls war die Richterin sichtlich froh über den bisherigen Verlauf des Prozesses und sprach zu *Lucy* gewandt: „Diesen Anklagepunkt bist du nun für immer los, aber damit ist dein Fall noch nicht erledigt. Du hast deine Tochter abtreiben lassen. Ich frage dich diesmal nicht, ob dir das leid tut. Ich weiß um deine tiefe Trauer um das abgetriebene Kind. Ich kenne dein Gedicht, das deinen abgrundtiefen Schmerz darüber ausdrückt. Du hast darin geschrieben:

… und wollte Gott mir vergeben, ich vergebe mir nicht.

So höre denn: Gott hat dir in der Tat vergeben. Und nicht nur das. Er hat auch die Strafe dafür auf sich genommen – auch für das, was der Staatsanwalt sonst noch vorlas. Gott übernimmt die Verantwortung für alles, was du getan hast und er macht allen Schaden wieder gut, den du angerichtet hast. Wenn du ihn oder den Präsidenten einmal triffst, kannst du dich bei ihm bedanken. Jetzt geht es aber noch um deine Zukunft.

Ich versetze dich ins Kinder-Paradies für sieben Jahre. Dort wirst du als Kinder-Betreuerin arbeiten und mit deiner Tochter *Angela* zusammen wohnen – vielleicht wirst du dann auch dir vergeben können. Dort kannst du auch in den Theater-Workshops der dortigen Schulen dein Talent einbringen. Danach brauchen wir dich in der Neuen Welt. Es besteht ein dringendes Bedürfnis, die Erdenzeit in allen Fassetten aufzuarbeiten. Dazu benötigen wir Schriftsteller, Filme- und Theatermacher und vor allem begabte Schauspielerinnen wie dich. Es geht darum, mit allen vorhanden Medien klar und eindrücklich herauszustellen, warum die Menschheitsgeschichte mit Blut und Tränen geschrieben wurde. Die Zusammenhänge müssen veranschaulicht und erkannt werden. Damit die Erdenzeit zu einem Exempel wird, für die kommenden Äonen und allen Wesen die noch werden sollen – damit nie wieder eine derartige Welt entsteht, wie die jetzige Erde mit ihren Schrecken und Grauen.

Ich frage dich *Lucy*, bist du mit diesem Vorgehen einverstanden?"

Lucy stand glücklich auf, verbeugte sich tief und sagte: „Deinen Richterspruch nehme ich gerne an, und von Herzen bedanke ich mich für deine Worte und dein Vertrauen. Ich will tun was ich kann, um den gestellten Forderungen gerecht zu werden, damit die Richtigkeit deiner Entscheidung bestätigt wird." Die Richterin lächelte und sagte: „Damit ist die Sitzung beendet."

Lucy und *Sophia* wurden anschließend von Schwester *Edith* in ein Hotel in der Nähe des Gerichtsgebäudes geführt. Auf dem Weg sagte sie zu *Sophia*: „Nun hast du erlebt, wie es in solch einer Gerichtsverhandlung zugeht. Doch jeder Fall ist anders und damit auch der Ablauf unterschiedlich. Morgen trifft *Urusedek* mit *Achmed* und *Jakob* hier ein. Ich fliege, sobald er hier ist, mit *Lucy* ins Kinderparadies. Übermorgen beginnt der Prozess mit *Achmed*, dann kommt *Jakob* und zum Schluss du dran. In allen Fällen wurde *Annegret* zur Richterin bestimmt. Ich denke durch sie werdet ihr gut bedient werden." *Sophia* erwiderte: „Ja, ich bin froh, dass sie es ist, die mein Leben zu beurteilen hat. Mir ist jetzt etwas leichter zumute. Aber wissen tut man nie, was für Überraschungen kommen und wie die Angelegenheit für mich enden wird. Schließlich steht alles auf dem Spiel." Schwester *Edith* legte *Sophia* die Arme auf die Schultern und meinte tröstend: „Es wird schon gut werden." Dann suchten sie ihre Hotelzimmer auf.

10 Das Gericht über Achmed

Am anderen Tag traf *Urusedek* mit *Achmed* und *Jakob* ein und Schwester *Edith* verabschiedete sich mit *Lucy*.

„Du kommst doch morgen mit mir?" fragte *Achmed Urusedek* verängstigt. „Ja, und auch *Jakob* und *Sophia* werden im Gericht dabei sein. Aber du musst allein hinein. Du hast allein die schreckliche Tat begangen. Alleine wirst du morgen zwischen den Säulen hindurch ins Forum gehen. Damit tust du kund, dass du dich freiwillig dem Gericht stellst, denn es gibt grundsätzlich die Alternative, dass du nicht mehr zu Recht gebracht werden willst. Dann brauchst du nicht hinein, dann hast du dir selbst dein Urteil gesprochen und kommst direkt in die Welt der Gesetzlosen." „Du weißt doch, dass ich meine Tat schon lang bereut habe und ich endlich die Sache hinter mich bringen will", wimmerte Achmed. „Ja, ich weiß, mögest du morgen im Gericht einen gnädigen Richter finden."

Am nächsten Morgen ging *Urusedek* mit *Jakob* und *Sophia* voraus. *Achmed* sollte in einer Viertelstunde nachkommen. Endlich war es für *Achmed* Zeit. Als er sich in Richtung Gerichtsforum in Bewegung setzte, überkam ihn ein unbeschreiblich beklemmendes Gefühl. Unwillkürlich musste er an sein Attentat denken. Damals war er in einer gehobenen weihevollen Stimmung in den Tag gegangen. Jetzt, wo es um die Folgen ging, war er in einer elenden Verfassung. Alles verkrampfte sich in ihm, und eine ungeheure Last schien ihn in den Boden zu drücken. In einer Deutlichkeit ohnegleichen sah er sich als den Betrogenen. Nun war er nicht mehr der Held, auf den die Annehmlichkeiten des Paradieses warteten, sondern er war ein verabscheuungswürdiger Verbrecher, den man in dem gewaltigen Stadion vor einer riesigen Menge zertreten würde. Mit jedem Schritt fiel es *Achmed* schwerer voran zu gehen. Dann konnte er nicht mehr. Er blieb keuchend stehen.

Stand ihm denn keiner zu Seite? Warum hatte ihn *Urusedek* auf seinem schwersten Gang allein gehen lassen? Sollte er vielleicht doch lieber umkehren? In seiner Verzweiflung richtete er den Blick nach oben. Er stutzte, die graue Stratusbewölkung, die sonst überall auf dem Totenreich lag, war über dem Stadion aufgebrochen. Er sah in dem kreisrunden Durchbruch Planeten, die wie Juwelen schimmerten, und in der Mitte der Himmelsschar stand ein riesiger Himmelskörper, der einen sanften goldenen Schein ausstrahlte. *Achmed* fühlte so etwas wie Heimatahnung. Dieses goldene wundersame Licht durchdrang ihn durch und durch und gab ihm Hoffnung und Kraft, weiter zu gehen. Nun ging er an den Säulen vorbei, auf denen die Gerichtsarena stand. Die vielen viereckigen Pfeiler ragten rechts und links neben ihm drohend in die Höhe. Am Ende der Säulengalerie leuchtete ein helles Licht. Darauf ging *Achmed* taumelnd zu. Als er das Licht erreichte, wurde er so geblendet, dass er nichts mehr sehen konnte. Da spürte er, dass man von beiden Seiten ihm unter die Arme griff. Aufgewacht aus seiner Benommenheit, saß er auf einer Bank neben *Urusedek*. *Achmed* atmete erleichtert auf, als *Urusedek* ihn Mut machend zunickte. Er hatte es geschafft, nun war er im Gericht. So allmählich nahm er seine Umgebung war.

Mit *Urusedek* saß er auf der untersten Ebene des ungewöhnlichen Gerichtsforums. Rechts und links von ihm war jeweils eine Bank aufgestellt, auf der Personen saßen. Weit weg von ihm stiegen die Sitzränge des gewaltigen Stadions in die Höhe. Alle waren belegt. Noch nie hatte *Achmed* eine solch große Versammlungsanlage gesehen. „Warten die alle auf meinen Prozess?", ging es ihm durch den Kopf. Doch der eigentliche Blickfang des mächtigen Gerichtshofes lag vor ihm. 15 Meter vor seiner Bank führten Treppen zu einem großen weißen Thron. Er war leer. Doch zu seinen beiden Seiten standen jeweils drei leuchtende Gestalten mit ernsten Gesichtern. Etwa 10 Meter hinter dem Thron befand sich ein breites zweiflügliges goldenes Tor. Alles war anscheinend bereit – nur der Richter fehlte. *Achmed* fragte *Urusedek* flüsternd: „Sind die Wesen neben dem Thron Engel?" *Urusedek* nickte. *Achmed* wurde es schwindelig im Kopf. Welch ein Aufwand wurde doch um seine geringe Person gemacht. Ja, von Engeln hatte er geträumt, dass sie ihn ins Paradies bringen. Nun stand er vor ihnen im Gericht. *Achmed* legte halb verzweifelt seinen Kopf zurück auf die Banklehne. Da sah er über sich wieder die wunderschöne Planetenkonstellation mit dem goldenen Heimatplaneten in der Mitte. Sein Lebensgericht fand anscheinend im Blickfeld der neuen Welt statt, von der *Urusedek* so manches erzählt hatte.

Da taten sich auf einmal die Türflügel des Tores hinter dem Thron auf. Zwei schmucke kräftige Gestalten traten hindurch und standen rechts und links neben den Türpfosten stramm. Sie hatten grüne Uniformen an, die mit silbernen Fäden durchwirkt waren, so dass sie beeindruckend glänzten. Auf einmal drang ein Raunen von den Tribünen. Alles stand auf. Durch das Tor trat eine weißgekleidete Gestalt, die gemessenen Schrittes zum Thron ging und sich setzte. Hinter ihr kam nochmals ein Mann in grüner Uniform und stellte sich hinter den Thron. Mit einer leichten Handbewegung gab die Person auf dem Thron der Menge das Zeichen, sich zu setzen. Das Geräusch, welches sich dabei ergab, dünkte *Achmed* wie das Rauschen eines Wasserfalles. Als *Achmed* wieder saß, hatte sich seine Aufregung so weit gelegt, dass er seine Augen konzentriert auf den Thron richten konnte. Auf dem Richterstuhl saß eine Frau. Strahlend schön war sie und auf dem Kopf trug sie ein kostbares Diadem. *Achmed* überlegte, ob er je in seinem Leben eine solch beeindruckende Frau gesehen hatte. Dann schlug er sich an den Kopf. Wie konnte er sie nicht sogleich erkennen?

Vor ihm, auf dem Richterthron, saß *Annegret*. Ein Strom der Erleichterung floss ihm durchs Herz. Vielleicht würde sein Fall doch noch gut enden. „Aber auch nur vielleicht", erhob sich in *Achmed* eine warnende Stimme. *Sophia,* die mit *Jakob* einen Platz in den vorderen Rängen gefunden hatte, starrte ebenfalls erstaunt auf *Annegret* und sah sogleich: diese majestätische Frau hatte nichts mehr von einer Novizin an sich. Auf dem Richterthron saß eine Schicksalsgöttin. Ihr Wort war endgültig und entschied über Ewigkeiten. Es gab keinen Einspruch mehr dagegen. Nur der Präsident konnte noch intervenierend eingreifen.

Die Richterin nickte einem Mann auf der linken Bank neben *Achmed* kurz zu. Dieser stand auf und eröffnete das Verfahren, indem er einen Aktenordner hervorholte und nach einer kurzen Einführungsrede die Anklageschrift vorlas. Es dauerte eine Dreiviertelstunde, bis er mit seinen Ausführungen zu Ende kam. *Achmed* erschrak über die Größe des Schuldenbergs, den er in seinem kurzen Erdenleben anhäufte. Er hatte immer geglaubt, ein gutes und Allah wohlgefälliges Leben geführt zu haben. Doch da wurde nun selbstsüchtiges Handeln offenbar, Lügen, Gewalttätigkeiten, wenn auch davon viele nur in Gedanken ausgeführt, verleumderisches Reden, sittliche Verfehlungen und dergleichen mehr. Doch all die vielen Fehltritte verblassten vor dem Hauptanklagepunkt: Mord von 13 Menschen und schwere Körperverletzungen in weiteren sieben Fällen. Die Richterin bat nun *Achmed* aufzustehen und fragte ihn, ob er sich zu den verlesenen Punkten schuldig bekenne. Mit zitternder Stimme sagte *Achmed*: „Ich bekenne mich in allen Punkten schuldig!"

Dann stand *Urusedek* als sein Verteidiger auf und begann: „Hohe Richterin ...", bei dieser Anrede meinte *Sophia*, ein leises Lächeln um den Mund von *Annegret* spielen zu sehen. Doch *Urusedek* fuhr unbeirrt fort: „... ich war über drei Jahre lang der Lehrer von *Achmed* im Totenreich und kann mit Fug und Recht behaupten, dass ich ihn kenne. *Achmed* hat seine Tat inzwischen tief bereut. Er hat auch nicht aus Mordgelüsten gehandelt, sondern er wurde zu der Handlung von seinen Religionsleitern angestiftet. Er hat in gutem Glauben gehandelt, Gott mit dem Attentat einen Gefallen zu tun. Inzwischen hat er eingesehen, dass man ihn betrogen hat und ein Mord oder Schädigung eines Menschen nie eine gottgefällige Aktion sein kann.

Achmed hat viel auf sich genommen, um sich mit seinen Opfern zu versöhnen. Ein Jahr war er unterwegs, um in den unterschiedlichsten Bereichen des Totenreiches von den Geschädigten Vergebung zu erlangen. Bei den meisten ist es gelungen. Zwei jedoch erklärten sich durch Wort und Verhalten dazu nicht bereit. Sie sitzen hier im Gericht, um ihr Recht auf Vergeltung einzuklagen. *Achmed* hat bei der Schulung in der Flussoase große Fortschritte gemacht, sowohl in der Gesinnung wie im Wissen. Er kennt nun die Wirklichkeit und ist dankbar, wenn ihm eine Chance eingeräumt wird, in der neuen Welt Gott mit seinen Gaben zu dienen."

Annegret forderte nun einen der Ankläger, der mit dem andern auf der rechten Bank saß, sein Anliegen vorzutragen. Er hieß *Sharif* und war derjenige, der auf *Achmed* mit einem Spaten losgegangen war. Der Angeredete sprang auf und begann mit seiner Rede: „Ich fordere Vergeltung! Dieser Mann hat mein Leben ruiniert. Ich werde ihn hassen, solange ich bin. Für diesen Menschen kann es nur ein Urteil geben: die endgültige Vernichtung. Doch wie ich aus vergangenen Urteilen weiß, kümmert sich dieses Gericht mehr um die Täter als um die Opfer. Ständig geht es um die Zurechtbringung der Angeklagten. Wer aber fragt nach den Opfern? Ich erkenne daher dieses Gericht mit seinen fragwürdigen Urteilen nicht an. Ich selber werde diesen Mann solange verfolgen, bis ich mich an ihm gerächt habe, und wenn es mir versagt bleiben sollte, dann will ich lieber in der Hölle leben als mit diesem verruchten Wesen in einer neuen Welt." Die Richterin nickte bei den letzten Worten von *Sharif*. Dann erhob sie sich und sprach in strengem Tonfall: „Wenn du dieses Gericht nicht anerkennst, was tust du hier? Zudem, wer hat dich zum Richter und Henker ernannt, um selbst Justiz zu üben? Im Bezug auf dein Leben aber kannst du dich entscheiden – und das hast du hiermit getan. Wenn du nicht in die Welt der Versöhnten willst, dann gibt es als Alternative die Welt der Gesetzlosen und Unversöhnten. Dort wird nie vergeben. Da bist du am rechten Fleck." Dann sprach die Richterin zu den Engeln zu ihrer rechten Seite: „Nehmt ihn und werft ihn in die Finsternis hinaus. Zwei der Engel gingen sogleich auf *Sharif* zu, nahmen ihn zwischen sich und führten ihn aus dem Gerichtshof.

Sophia riss verblüfft die Augen auf. Diese Frau war knallhart. „Oh weh!", seufzte sie in ihrem Innern, „dies ist nicht mehr die *Annegret,* wie ich sie bisher erlebt habe". Dann stutzte sie plötzlich in ihren Überlegungen. Tatsächlich, der Ankläger hatte sich gerade selbst eingestuft und über sein künftiges Schicksal eigenständig bestimmt. Doch Erleichterung empfand sie bei dieser Erkenntnis nicht. Einen Ankläger hatte *Achmed* zwar los, nicht aber seine Schuld – und diese Richterin würde kein Gefälligkeitsurteil abgeben, das war sicher und außerdem ... Doch weiter kam *Sophia* mit ihren Überlegungen nicht, da *Annegret* den zweiten Ankläger aufforderte, seine Sache vorzutragen.

Es war *Omar,* der nun aufstand. *Achmed* konnte sich noch gut daran erinnern, wie dieser Mensch damals auf seine inständige Bitte um Vergebung nicht eingehen wollte. Nach dem Vorfall mit dem ersten Ankläger, war *Omar* nun vorsichtiger. Er verbeugte sich tief vor der Richterin und sprach: „Ehrwürdiges Gericht. Ich erkenne diese Institution an und werde mich ihrem Urteilsspruch selbstverständlich beugen. Doch in jedem Gericht muss der Gerechtigkeit Geltung verschafft werden – und ich zweifle nicht daran, dass dies auch vor der letzten Instanz gilt. Der Angeklagte hat in sinnloser Weise Leben zerstört und Familien ruiniert. Mein Leben hat er aus seiner Blüte gerissen und die Hoffnungen meiner Sippe zunichte gemacht. Es ist wahr, der Angeklagte kam zu mir und bat um Vergebung. Aber so billig kann das nicht gehen, dass jemand die schlimmsten Verbrechen verübt und dann mit ein paar Worten die Angelegenheit aus der Welt wischt. Im Namen des Allerhöchsten fordere ich Gerechtigkeit und für den Massenmörder auf der Anklagebank eine strenge Bestrafung." Nach dieser eindringlichen Gerechtigkeitsforderung setzte sich der Ankläger wieder.

Diesmal nickte die Richterin nicht. Stattdessen stand sie auf und stieg die Treppe zu *Omar* hinab. Ein erstauntes Raunen war in der Arena zu hören. Vor dem Ankläger blieb sie stehen und schaute ihn an. Dann warf sie mit einer entschlossenen Handbewegung ihre Krone (Diadem) vor die Füße von *Omar*. Ein Stöhnen ging durch die Ränge – dann war es totenstill. Gebannt starrte alles zur Szene und verfolgte was geschah. Die Richterin kniete nun vor dem Ankläger nieder und sprach mit überall vernehmbarer Stimme: „Schlag mir ins Gesicht!" Völlig überrumpelt erwiderte der fassungslose *Omar*. „Warum soll ich dich schlagen?" „Ich will es dir sagen" erwiderte die Richterin. „Hör gut zu!

Als ich einst als junges Mädchen in Deutschland lebte, war ich hübsch und das Leben stand verheißungsvoll vor mir. Doch alle Bewerber und Angebote schlug ich aus und kehrte dem Komfort meiner Heimat den Rücken. Im Süd-Sudan diente ich den Ärmsten – den Kranken und Flüchtlingen. Nach Jahren unermüdlicher Arbeit marschierte ein Rebellenheer heran - plündernd, brandschatzend und vergewaltigend. Die Ausländer wurden evakuiert. Eines Tage stand ein Missionspilot vor mir und wollte mich ausfliegen. Doch ich sagte zu ihm: „Ich bleibe, was immer geschieht." So half ich weiter, als ob nichts geschehen wäre.

Als die Soldaten kamen schleppten sie mich in ihr Lager, zogen mich unter obszönem Gebrülle aus, hackten mir die Arme und Beine ab und warfen meinen Rumpf unter Spottgeschrei in ihr Lagerfeuer, wo mir die Haut abplatzte und ich mich vor Qualen krümmte, bis ich das Bewusstsein verlor. Meine Überreste warfen sie in ein Massengrab zu den andern Opfern, denen ich jahrelang gedient hatte. So wurde ich noch im Sterben mit ihnen eins. Im Totenreich kam die Wende. Die drei Haupttäter, die mir die Glieder abgehackt hatten, baten mich inständig um Vergebung. Ich habe sie ihnen gewährt. Drei Monate ging ich dazu noch in den Feuersee, damit meine Vergebung ihnen gegenüber lauter und vorbehaltlos wurde.

Und nun *Omar*, der du die Gerechtigkeit forderst, nimm all deinen Mumm zusammen und schlage zu, denn ich habe es verdient, ich habe keine Gerechtigkeit gefordert – ich habe vergeben."

Omar, dem es bei dem unerwarteten Auftreten der Richterin immer mulmiger wurde, fing an zu beben und presste mühevoll heraus: „Ich kann und will es nicht!" „Dann ...", sprach die Richterin, während sie sich erhob, mit scharfem Tonfall, „... dann tue was du kannst und sollst." Danach drehte sie sich um, ging zu ihrem Thron und setzte sich.

Alle schauten jetzt zu *Omar*. Er war bleich geworden und sah verwirrt aus. Gekommen war er, um Vergeltung zu fordern, wie es sein Recht war – und nun wurde er selbst zum Geforderten. Langsam stand er auf und bewegte sich auf die Anklagebank zu. Vor *Achmed* blieb er stehen und streckte ihm zögernd die Hand hin. Dann lagen sie sich plötzlich in den Armen. Alle konnten sehen, wie sich dabei *Omars* Aussehen wandelte. Der verbittert drein schauende Mensch strahlte auf einmal übers ganze Gesicht. Der Himmel hatte sich ihm geöffnet und zum ersten Mal in seinem armen Dasein hatte er ins Wesen Gottes geblickt. Von einem Augenblick zum andern begann für ihn eine ungetrübte Zukunft ohne die Last der Vergangenheit. Nachdem sich beide aus ihrer Umarmung gelöst hatten, drehte sich *Omar* zur Richterin um, verbeugte sich tief und sagte überschwänglich:

„Von allen Richtern bist du die weiseste und beste. Glücklich derjenige, über dem du zu Gericht sitzt." Kühl antwortete die Richterin: „Dann bringe mir meine Krone zurück." Verblüfft schaute *Omar* zu Boden. Vor seiner Bank lag noch das Diadem. Er hob es auf und ging mit wankenden Knien die Treppe hoch, blieb vor dem Thron stehen und streckte mit zitternder Hand der Richterin die Krone entgegen. Sie aber sprach: „Wenn du meinst, dass ich als Richterin geeignet bin, dann setze mir die Krone wieder aufs Haupt." Verlegen, nicht wissend wie er auf diese erneute Zumutung reagieren sollte, trat er unentschlossen von einem Bein auf das andere. Zu deutlich spürte *Omar*, zu einer solchen Handlung war er wahrhaftig nicht würdig. *Annegret* bemerkte es, stand auf und ging vor ihm auf die Knie. Nun blieb *Omar* nichts anderes übrig, als ihr so sanft wie möglich die Krone aufzusetzen. Als *Annegret* aufstand legte sie ihre Arme auf *Omars* Schultern und sagte leise: „Liebe deckt auch die Menge und Schwere der Sünden". Nach diesem Geschehen wusste *Omar* nicht mehr, wo ihm der Kopf stand. Zu krass waren die Eindrücke, die auf ihn einstürzten. Dies alles konnte er in der Minute, als er zu seiner Bank zurück wankte nicht verarbeiten. Es brauchte seine Zeit. Später jedoch hat *Omar* die Lektion verstanden, dann konnte er sagen, dass in jener bemerkenswerten Gerichtstunde sein Leben eine grundlegende Heilung erfahren hat. Er genas von seiner Selbstgerechtigkeit und seinem Vergeltungsstreben und erkannte, dass Leben nicht aus Gerechtigkeit, sondern aus Liebe erwächst. Gerechtigkeit ist zwar eine Frucht der Liebe, kann selbst aber kein Leben hervorbringen.

Im Stadion war es immer noch totenstill. Atemlos hatte man den Prozess verfolgt. Nun musste es zum Urteilsspruch kommen. Die Richterin erhob sich langsam. Mit beiden Händen forderte sie die Menge auf, sich zu erheben. Wieder drang es in den Ohren von *Achmed* wie das Rauschen eines Wasserfalles, solange bis sich alle erhoben hatten. Auch er stand auf und musste bis zur untersten Treppenstufe des Thrones gehen. Da stand er nun im Mittelpunkt des Geschehens und fühlte sich elend, einsam und verlassen.

Vor und über ihm stand aufrecht eine Göttin in unbestechlichem Glanz, die jetzt über Wohl und Weh seiner ewigen Zukunft entschied. Nun begann die Richterin mit ihrem Urteilsspruch: „*Achmed Bin Layla*, im Namen des Allerhöchsten und im Angesicht der Neuen Welt verkündige ich dir dein Urteil. Ich spreche dich frei von aller Schuld! Die Menge deiner Verfehlungen ist getilgt. Der Präsident selbst hat sie getragen. Es steht mir nicht zu, dich deswegen zu verurteilen. Vergiss es nie, ihm hast du Leben und deine Zukunft zu verdanken. Mit deinen Anklägern hast du dich versöhnt, bis auf einen, dessen Anklagen uns nicht mehr erreichen. Dennoch kann ich dein Leben nicht loben. Du lebtest nicht wie du solltest. Du hast viel Unglück und Not über deine Landsleute gebracht. In Bezug auf Gesinnung hast du zwar gute Fortschritte im Totenreich gemacht. Doch zu deiner Vollendung fehlt noch einiges. Deswegen ordne ich folgende Therapie an: dreizehn Tage wirst du im Feuersee verbringen. Für jeden Mord einen Tag lang. In dieser Zeit musst du in konzentrierter Weise ertragen und erdulden, was du deinen Opfern und ihren Angehörigen an Schmerz, Verzweiflung und Pein verursacht hast. Nach deinem Aufenthalt in diesem Purgatorium kommst du ins Land der Bildung, Wissenschaft und Kunst. Da du Bauhandwerker bist, wirst du dort 21 Jahre lang Hoch- und Tiefbau studieren, um mit den gebräuchlichsten Bauverfahren in der neuen Welt vertraut zu werden. Deine erste Aufgabe wird sein, *Omar,* in der neuen Welt ein Haus zubauen – und zwar kein schlechtes. Deinen anderen 11 Opfern und den sieben Schwerverletzten wirst du 1.000 Jahre für bauliche Maßnahmen zur Verfügung stehen. Wenn sie einen Neubau, Umbau oder eine Erweiterung ihrer baulichen Anlage wünschen, können sie auf dich zurückgreifen. Du bist ihnen verpflichtet! Hast du deine baulichen Dienstleistungen ordentlich ausgeführt, wirst du nach 1.000 Jahren aus dem Bann gelöst. Dann bist du wieder ein freier Mann und kannst auf irgendeinem Planeten, nach deiner Wahl, selbstständiger Baumeister oder Bauingenieur werden."

Achmed war bei dem Urteilspruch fahl geworden. Nicht wegen den Bauleistungen, die von ihm verlangt wurden. Die wollte er gerne erbringen. Der Schreck kam vom Feuersee. Er hatte vor ihm gestanden und den schwarzen Rauch beobachtet, der von ihm aufstieg. Er hatte die gequälten Kreaturen gesehen, die darin herum schwammen und lästerliche Flüche ausstießen. Wenn immer er an diese Szenen dachte, kam ihm das Grauen. Aus seinen dunklen Gedanken wurde er wieder herausge-

rissen, als die Richterin ihn fragte: „Nimmst du dein Urteil an?"
Achmed riss sich zusammen und richtete seinen Blick auf die
Richterin, die im strahlenden Weiß vor ihm stand. Dieser Anblick gab ihm wieder Zuversicht. Dann stieß er mühsam hervor: „Von dir nehme ich das Urteil an. Du warst selbst drei Monate im Feuersee, und dies nicht wegen Verfehlungen, wie ich
sie tat, sondern um der schrecklichen Tat deiner Mörder wegen."

Da stieg die Richterin von ihrem Thronpodest herunter, zog
einen Ring vom Finger und gab ihn *Achmed*. Der Ring leuchtete blutrot. Sie sprach zu *Achmed*: „Stecke dir den Ring an.
Sein Anblick wird dir durch die Not des Feuersees helfen.
Wenn 1.000 Jahre vollendet sind und du all deinen Verpflichtungen gewissenhaft nachgekommen bist, dann gib mir den
Ring zurück. Dann werde ich dich aus der Bindung zu deinen
Opfern lösen. Danach wirst du ein unabhängiger Mensch sein
und kannst dich verpflichten, wem du willst."

11 Beurteilungsgespräche

Nach der letzten Gerichtssitzung bekam *Urusedek den Auftrag, Achmed* zum Feuersee zu bringen. Damit waren jetzt nur
noch *Jakob* und *Sophia* im Hotel.

Als *Jakob* am nächsten Morgen in seinem Hotelzimmer saß
und überlegte, was er den ganzen Tag über machen sollte,
klopfte es an der Tür. Als er öffnete, stand *Annegret* vor ihm.
Unter dem Arm trug sie eine Aktenmappe. Völlig perplex starrte er sie an, unfähig ein Wort herauszubringen. Sie sagte
freundlich: „Komm lass mich herein, ich habe ein paar Worte
mit dir zu wechseln. Als sie es sich in einem Sessel bequem
gemacht hatte, sprach sie zu dem immer noch fassungslosen
Jakob: „Dein Fall kommt morgen dran und ich will, dass du
dich etwas darauf vorbereitest, schließlich ist diese Angelegenheit kein Kinderspiel, sondern es geht um deine ewige

Zukunft. Doch tragisch wird es bei dir nicht werden. Es liegen keine Anklagen vor und deine persönlichen Verfehlungen gehen auf die Rechnung des Präsidenten. Du hast mittlerweile ja bei Schwester *Edith* erkannt, welchen Befreiungsschlag euer Messias für uns Menschen getan hat. Das Ganze wird morgen lediglich auf ein Beurteilungsgespräch hinauslaufen. Dazu habe ich dir einen Vordruck mitgebracht. So ein Gespräch läuft nach einem vorgegebenen Schema ab. In diesem Bogen sind die Beurteilungskriterien genannt, über die wir zu befinden haben."

Jakob, der sich inzwischen vom überraschenden Besuch *Annegrets* einigermaßen erholt hatte, fiel in erneutes Erstaunen: „Vordruck!?", rief er überrascht aus. „Das Gericht wird nach einem schematisierten Leitfaden durchgezogen. Das kann doch nicht wahr sein!" „Warum denn nicht?", erwiderte *Annegret.* „Du vergisst, dass wir Milliarden von Menschen zu richten und zu beurteilen haben. Es gibt Millionen von Richtern aus den verschiedensten Zeiten und Kulturen. Da braucht man schon Richtlinien für ein einheitliches Vorgehen - besonders wenn eine Anfängerin wie ich ans Werk geht." *Jakob* leuchteten das letzte Argument besonders ein und er fragte: „Wie viele Fälle hast du schon erledigt?" „Der gestern war mein vierter. In den ersten drei Prozessen saß neben mir noch ein Richter vom Hauptgerichtshof. Dort werden schwierige Fälle behandelt, beispielsweise, wenn Staatschefs oder Könige vor Gericht kommen, bei denen meistens auch tausende von gravierenden Anklagen vorliegen.

Die allerschlimmsten Fälle werden vom Präsidenten als dem obersten Gerichtsherrn übernommen. Der Hauptrichter war aber mit mir zufrieden und ist gestern schon nicht mehr dabei gewesen. Einerseits sehe ich ein, dass er die ersten Male meine Verfahren überwachte. Er nahm mir etwas die Unsicherheit. Andererseits bin ich froh, dass ich ihn jetzt los habe. Ich bekam immer einen so trockenen Hals in seiner Anwesenheit. Morgen werden wir beide allein sein. Lies den Vordruck und versuche, dein Leben selbst zu beurteilen. Denke auch darüber nach, was du zukünftig am liebsten machen willst. Wir werden darüber sprechen müssen." Damit erhob sich *Annegret* und ließ den verdatterten *Jakob* in seinem Hotelzimmer allein zurück.

Als *Jakob* sich leidlich von seinem Schock erholt hatte, blickte er auf den Schriftbogen mit den Beurteilungskriterien. Über folgende Punkte war zu sprechen:

1. Situation und Verantwortungsbereich des zu beurteilenden Menschen im irdischen Leben.
a) Welche personelle und fachliche Verantwortung trug er?
b) Welche Möglichkeiten wurden ihm gegeben?
c) Welche Schwerpunkte hatten sich gestellt?
d) Welche Wahrheiten hat er erkannt?
e) Unter welchen moralischen Zeitvorstellungen lebte er?

2. Lebenseinschätzung
a) Lebenseffizienz und Verhalten unter Belastungen
b) Lebensorganisation
c) Selbstständigkeit und Initiative
d) Lernfähigkeit und Flexibilität

3. Gemeinschaftsverhalten und Kommunikation
a) Treue- und Gehorsamsverhalten
b) Sozial- und Teamverhalten
c) Konfliktfähigkeit und Versöhnungsbereitschaft
d) Mitmenschliches Verhalten

4. Welche Kompetenzen wurden erlangt?
a) Selbstkompetenz?
b) Sozialkompetenz?
c) Methodenkompetenz?
d) Wissenskompetenz?

5. Gottes- und menschengerechtes Handeln
a) Orientierung an moralischen und ethischen Gesetzen
b) Effizienz im Umgang mit Talenten und Möglichkeiten
c) Lebensqualität

6. Dienstleistungsverhalten
  a) Menschenorientiertes Handeln
  b) Serviceverhalten und Opferbereitschaft
  c) Zuverlässigkeit und Ausführungstreue

7. Verantwortungsbereitschaft
  a) Einsatzbereitschaft
  b) Einbringen neuer Ideen und Initiativen
  c) Identifikation mit einer Gemeinde oder Gemeinschaft

Als Jakob den Leitfaden überflogen hatte sah er unten noch eine Bemerkung stehen. Sie lautete:

Die Einschätzung erfolgt durch den bevollmächtigten Richter und stellt eine zusammenfassende, ganzheitliche Einschätzung der Aufgabenerledigung, der erreichten Ergebnisse und des Lebensverhaltens aus der Sicht des Richters dar. Die Gesamteinschätzung erfolgt durch ankreuzen eines der folgenden Bewertungen.

  o Ungenügend (es bedarf nachhaltiger Maßnahmen)
  o Verbesserungsbedürftig
  o Zufriedenstellend
  o Gut

Als *Jakob* den letzten Absatz gelesen hatte, schüttelte er den Kopf und murmelte vor sich hin: „Das ist ja wie in einem Konzern". Nicht in seinen konfusesten Träumen wäre ihm in den Sinn gekommen, dass in der Ewigkeit so vorgegangen wird. Bewertung nach Noten! Aber insgesamt musste er sich sagen, dass bei solch einem Gespräch dem Delinquenten gründlich auf den Zahn gefühlt wird und sein wahres irdisches Leben offenbar wird. „Ja", seufzte Jakob, „das muss schon sein und entspricht auch im Grunde meinen Vorstellungen". Nur die Methode verwunderte ihn. Nun ja, jedenfalls hatte er sich anhand der Beurteilungskriterien gründlich mit seinem vergangenen Leben zu befassen und es dauerte bis Mitternacht, als er endlich zu allen Punkten eine ehrliche Antwort fand. Zu beurteilen wagte er sich aber nicht. Das schien ihm doch zu vermessen.

Zur verabredeten Zeit ging *Jakob* am nächsten Tag zu dem bekannten Gerichtsgebäude. An der Pforte sagte er seinen

Namen. Der Portier suchte in einer langen Liste und nachdem er Jakobs Namen entdeckt hatte, ließ er *ihn* in einen Raum im obersten Stock bringen. Der Raum war gemütlich eingerichtet. In der Mitte stand ein ovaler Tisch mit fünf bequemen Stühlen. *Jakob* ließ sich auf einem davon nieder und legte die Leitlinien für das Beurteilungsgespräch auf den Tisch; daneben die Notizen die er zu den einzelnen Beurteilungskriterien gemacht hatte. Nachdem er fünf Minuten gewartet hatte, kam *Annegret* herein. Sie schien gut gelaunt und fragte: „Na, gut geschlafen vor deiner Beurteilung?" „Ja, aber nur kurz. Dein Fragebogen hat mich noch umgetrieben." „Dann hast du dir sicher zu deinen Lebenskriterien ein Urteil gebildet. Wie lauten denn die Noten die du dir gegeben hast?" Kleinlaut musste *Jakob* eingestehen, dass er sich nicht getraut hatte, weder zu den einzelnen Punkten noch zu der Gesamteinschätzung, eine Bewertung abzugeben. *Annegret* sagte daraufhin streng: „Das Versäumte wirst du jetzt nachholen. Nur Mut zur Vergangenheit! Zum ersten Punkt brauchst du natürlich kein Urteil abgeben. Da gilt es nur die Lebenssituation darzustellen, auf die man ohnehin keinen großen Einfluss hatte. Ein Mensch wird nicht nach einer absoluten Wahrheit, sondern nach seiner speziellen Situation und Erkenntnis beurteilt. Wenn zwei das Gleiche tun, so kann dies hier total unterschiedlich bewertet werden.

Die Ausgangssituation, und wie sich der Mensch darin und daraus entwickelt hat, ist entscheidend. Das hat man mir im Jura-Studium immer wieder vorgekaut. Wenn du als Rabbiner das gleiche getan hättest wie *Achmed*, du kämest im Gericht wesentlich schlechter weg als er." *Jakob* nickte, das war ihm klar. *Achmed* hatte man eingeflößt, dass er mit seiner Tat Gott einen Dienst erwies – und er war überzeugt davon. Er aber hätte bei der gleichen Handlung von vornherein gewusst, dass er Gottes Gesetz brechen würde. Er hätte gegen besseres Wissen aus niedrigen Beweggründen gehandelt.

Annegret fuhr fort: „Also, zu den Punkten 2 – 7 setze dir deine Noten. Durchdacht hast du ja alles schon." Beschämt und verlegen ging *Jakob* an die Arbeit, während sich *Annegret* bequem auf dem Stuhl zurücklehnte und die Decke zu mustern schien. Bereits nach 10 Minuten sagte *Jakob*: „Fertig!" und schob seinen Bogen *Annegret* zu. Dabei murmelte er: „So habe ich mir dies aber nicht vorgestellt." „Wie dann?" fragte *Annegret* nach. „Als Rabbiner habe ich immer gelehrt, dass jeder vor dem Thron Gottes zu erscheinen hat, und rechts und links neben dem großen weißen Thron stehen dabei die heiligen Engel. Dort empfängt der Mensch sein Urteil über sein Leben – sei es gut oder böse gewesen. Wenn mir früher jemand gesagt hätte, dass die Beurteilung nach einem Vordruck geschieht und man sich dazu nach vorgegebenen Beurteilungskriterien selbst einschätzen soll, ich hätte ihn für verrückt erklärt oder der Blasphemie bezichtigt." „Ich verstehe, was du meinst", bemerkte *Annegret* dazu. „Doch bedenke, der Vordruck kommt nur zum Tragen, wenn es sich um ein Beurteilungsgespräch handelt; also bei einem Menschen, der nicht angeklagt wird. Sei froh, dass es bei dir so ist. Letztlich stehst du aber jetzt trotzdem mit deinem Leben vor dem Angesicht Gottes. Der Allerhöchste hat seinem Sohn das Gericht übertragen und ich bin dessen Erfüllungsgehilfin. Der Präsident und ich sind eins. Ich handle nicht nach meinem Gutdünken oder gar nach meiner Laune sondern nach seinem Sinn. Gott ist mit seinem Geist anwesend und ich würde sofort merken, wenn ich entgegen seinen Absichten entscheiden würde.

Es ist im Grund naiv, sich vorzustellen, dass der Präsident Milliarden von Menschen einzeln vorknöpft. Da hätte er viel zu tun. Für dieses Geschäft hat er seine Leute, und mich hat er zu dieser Aufgabe berufen. Doch der Worte darüber sind nun genug gewechselt. Jetzt lass mich deine Noten sehen." *Annegret* betrachtete nachdenklich den Bogen, in welchem *Jakob* seine Beurteilungen gekritzelt hatte. Neben jeden Beurteilungspunkt hatte er ‚zufriedenstellend' geschrieben. Schließlich sagte sie: „Ich kenne dein Leben vom Aktenstudium her.

Auch habe ich mit Schwester *Edith* und *Urusedek* über dich ausgiebig gesprochen. Du hast entsprechend deinem Erkenntnisstand, auf Erden wie im Totenreich, dein Bestes gegeben. Ich bewerte dein Leben besser und zwar in allen Punkten mit ‚gut'; ausgenommen davon ist vorerst Punkt drei.

Zu diesem Anforderungsmerkmal habe ich eine Frage. Es ist die einzige, die ich dir zu diesem Themenkreis stelle. Unter Punkt drei ist von Konfliktfähigkeit und Versöhnungsbereitschaft die Rede. Du bist aus der Blüte deiner Erdenzeit von einem Attentäter herausgerissen worden. Wenn dieser Mensch zu dir kommen würde und dich um Vergebung bäte, so wie es z. B. *Achmed* bei anderen tat, was würdest du tun?" *Jakob* antwortete prompt: „Wenn ihm die Tat aufrichtig leid tut, würde ich ihm vergeben." *Annegret* schaute *Jakob* skeptisch an: „Würdest du das vorbehaltlos tun, ohne dass sich in deinem Innersten noch ein Funke von Groll bewegt?" *Jakob* schluckte: „Ich weiß schon, auf was du hinaus willst. Nein, ich habe es lange nicht gekonnt. Aber die Begegnung mit dir am Feuersee hat mich im Innersten erschüttert. Mir wurde auf einmal der heilige Ernst klar, mit der eine Seele hier klar Schiff machen muss – und es wurde mir die Läuterung meiner Person geschenkt." *Annegret* aber gab sich immer noch nicht zufrieden: „Bei dir ging es schneller als bei mir. Wenn dein Mörder seine Tat nicht bereut und dich auch nicht um Vergebung bittet, dann kommt er ins Land der Gesetzlosen und Unversöhnten. Du aber im Land der Begnadigten, was wirst du im Gedenken an ihn empfinden?" „Ich werde Leid um ihn tragen, so lange ich bin. Nach meinem Lehrgang in der Flussoase weiß ich, dass der Täter immer schlimmer dran ist als das Opfer, selbst dann, wenn er zu Vernunft kommt. Bleibt er aber ohne Reue und Umkehr, dann ist er für immer verloren." „Du bekommst ein ‚sehr gut' zu diesem Punkt", bemerkte *Annegret* trocken." „Aber ‚sehr gut' ist doch gar nicht in den Richtlinien vorgesehen", stieß *Jakob* unwillkürlich hervor. „Du bekommst diese Note trotzdem von mir, in der Gesamteinschätzung sie sich ohnehin nicht auswirken wird. Da bekommst du ein ‚gut'.

Nun kommen wir zu dem, was nicht im Vordruck steht. Es geht auch um deine künftigen Einsatzperspektiven und möglichen Entwicklungsmaßnahmen."

Auf einmal hielt *Annegret* inne und sagte zu *Jakob* fast entschuldigend: „Ich habe so viel Wert auf Versöhnung gelegt, da dies ein so unendlich wichtiger Punkt ist. Glaube mir *Jakob*, ich habe auf Erden Schreckliches erlebt und im Totenreich viele menschliche Wracks gesehen. Auf der Uni hier wurde uns von unvorstellbar schlimmen Fällen erzählt, und im Gericht habe ich selbst über tragische Geschehnisse zu urteilen. In stillen Stunden frage ich mich manchmal, wie will der Präsident mit diesem desolaten Menschen-Haufen zurecht kommen. Wie soll dies zugehen, dass diese verkorksten Wesen wieder zum Bild Gottes finden? Manchmal denke ich: Wird da nicht zu viel verlangt? Ist das Ziel nicht zu hoch gesteckt? Der Mensch ist zum Höchsten bestimmt. Es gibt kein höheres Ziel. Dazu ist sicher die Taufe mit der Finsternis nötig. Wahrlich, die bekommt er auch! Aber was ist er danach geworden, wie sollen aus diesen kranken, traumatisierten, unfreien und unwirklichen Wesen liebende gottgleiche Menschen werden?

Jakob, mir ist hier große Macht gegeben. Ich kann unbeschadet durch Eis-Stürme und Feuer gehen. Wenn ich mich in die tiefste Hölle zu den fürchterlichsten Kreaturen begebe, so weichen sie scheu von mir und können mich nicht schädigen. Wenn ich wollte, könnte ich die komplette Gerichtsstadt weit weg in die Wüste versetzen oder besser noch in eine blumenreiche Wiese, damit sie ein bisschen Farbe bekäme. Aber ich kann kein einziges Herz ändern. Gewiss, ich kann belastete Menschen zu irgendetwas verurteilen, aber kann ich sie wirklich damit zu besseren Geschöpfen machen?"

Jakob staunte wiederum über *Annegret*. Die Verhältnisse hatten sich scheinbar auf einmal umgekehrt. Nun sollte er seine Richterin beurteilen. Doch er geriet nicht in Verlegenheit. Er wusste, was er der Frau zu antworten hatte: „*Annegret*, du sagst, dass du kein einziges Herz ändern kannst. Das stimmt nicht! Gerade darin liegt deine Stärke. Als du *Lucy* im Gericht vor dir hattest, brauchtest du nur eine halbe Stunde, um aus dieser hoffnungslosen Frau eine glückliche Person zu machen. Als dich *Urusedek* im Feuersee aufsuchte und dich segnete, war er in Minuten von seinem Menschenkomplex geheilt. Er war danach wie ein Vater zu uns. Ich habe gestern deiner Gerichtsverhandlung beigewohnt. Was dort geschah war wie ein Wunder. Der betrogene *Achmed* bekam eine hoffnungsvolle Ewigkeitsperspektive. Sein Ankläger hat eine Kehrtwendung vollzogen und ich sah wieder Lebenshoffnung in seinen Augen. Wer hätte dies je vermocht? – Und *Annegret*, lass mich es dir gestehen: Du hast auch mein Herz gewonnen. Ich wäre nie fähig gewesen, meinem Mörder aus tiefstem Grund zu vergeben. Dein Beispiel hat mir die Kraft dazu gegeben. Du bist dazu geboren und berufen, aus dem Gericht die Liebe steigen zu lassen. *Annegret*, ich flehe dich an, gewähre mir eine Bitte: Lass mich dein Vasall sein, in dem Bemühen, den Menschen das Heil zu bringen."

Annegret fing an, über das ganze Gesicht zu strahlen, wie ein glückliches Kind. Mit beiden Händen nahm sie die rechte Hand von *Jakob* und drückte sie und sagte: „Danke *Jakob*, du hast mir Zuversicht geschenkt für das schwierige Werk. Es ist mir eine große Genugtuung, dich, einen von Abrahams Söhnen, in meiner Mannschaft zu haben. Ja, damit hätten wir den zweiten Teil deines Beuteilungsgespräches schon erledigt. Deine Zukunftsperspektive ist nun klar. Du wirst dich erst einmal mit der Situation im Totenreich befassen und dann bekommst du weitere Instruktionen für deinen Einsatz.

Morgen muss ich mir noch *Sophia* vorknüpfen, aber dann werde ich das Weitere mit dir noch klären. Im Übrigen richte *Sophia* aus, dass ich morgen um 10 Uhr bei ihr vorbeikomme. Ich selber muss hier noch einen schwierigen Prozess führen. Das Richten muss sein, aber der Schwerpunkt im Gericht wird das Zurechtbringen sein. Du *Jakob* wirst dabei mein erster

Gehilfe werden; das ist auch deine Bestimmung von Abraham her." Dann verpasste *Annegret* ihrem neuen Knappen einen Schlag auf die Schulter. *Jakob* hatte ein unbeschreibliches Gefühl bei diesem Ritterschlag. Das Morgenrot eines neuen Tages ging ihm auf. Endlich sah er seine wahre Berufung. Er merkte dabei wohl, wem er sich verpflichtete: einer Fürstin der Ewigkeit, die sich zur Königin und engsten Mitarbeiterin des Präsidenten mauserte – und er durfte ihr Vertrauter und Erfüllungsgehilfe werden. Früher, als eingefleischter orthodoxer Jude, hätte er solch eine Vorstellung verabscheut. Das wäre das Letzte gewesen, als Angehöriger des auserwählten Volkes, einer Frau aus den Heiden dienen zu müssen. Nun schätzte er sich glücklich, dies zu dürfen. Damit hatte er einen zweiten Wandel erlebt. Ja, dieser Aufgabe wollte er sich voll und ganz widmen.

Zurück im Hotel hatte *Jakob* viel zu berichten. Ausführlich erzählte er *Sophia* von dem Beurteilungsgespräch, das *Annegret* mit ihm veranstaltet hatte – und natürlich auch von seiner überraschenden künftigen Einsatzperspektive. *Sophia* machte bei dem Gehörten große Augen. Gierig verschlang sie die Worte von *Jakob*. Bald würde auch ihr Prozess kommen, und wohl noch nie hatte sie so aufmerksam zugehört wie bei dem Bericht von *Jakob*. Innerlich aber arbeitete es in *Sophia*. So ganz leise fragte sie sich, wer war diese Frau, die *Jakob* seine eigene Beurteilung schreiben ließ und es dazu noch geschickt verstand, ihn zu einer wichtigen Ewigkeitslaufbahn zu animieren? War das wirklich noch die göttliche Richterin, die sie gestern im Prozess von *Achmed* erlebt hatte?

Sophia war am anderen Tag ganz aufgeregt. Sie hatte sich frühzeitig bereit gemacht und wartete auf *Annegret*. Pünktlich um 10 Uhr klopfte es an der Tür. Sofort öffnete sie und vor ihr stand *Annegret,* in der Hand eine schwarze Aktenmappe. Noch nie war *Sophia* dieser Ewigkeitsfürstin so nahe gekommen. In Ehrfurcht erstarrt, brachte sie zunächst kein Wort heraus. Doch *Annegret* lächelte sie nur an, und unter der wohltuenden Ausstrahlung ihrer Persönlichkeit wurde sie ruhig und fragte noch etwas beklommen: „Nimmst du mich jetzt zum Gericht mit?" „Nein, deinen Fall haken wir hier gleich ab. Lass mich bitte herein." Als sie um einen kleinen Tisch Platz genommen hatten, fragte *Sophia* mit Blick auf *Annegrets* Aktenmappe: „Wirst du jetzt deine Beurteilungsbögen herausholen?" *Annegret* erwiderte schmunzelnd: „Hat dir *Jakob* davon erzählt? Nein, was soll ich bei dir schon beurteilen? Dich hat man aus dem Leben gerissen, bevor es erst richtig begann. Eigentlich müsstest du mir jetzt schwerwiegende Fragen stellen, nicht ich dir.

Wenn es aber sein muss: Du hast frühzeitig beschlossen, dich für Menschen zu engagieren und wolltest Ärztin werden. Du hast dich, zur Überraschung deines Vaters, schon auf dem Gymnasium dafür ins Zeug gelegt – und später auch im Medizin-Studium. Selbst als die Diagnose Krebs lautete, hast du noch weiter gemacht. Ich kann dir persönlich keine andere Gesamt-Beurteilung geben als ein ‚sehr gut'. Da offiziell nur ein ‚gut' möglich ist, dann eben ein ‚gut'. Aber vertauschen wir doch einmal die Rollen. Wie würdest du mich beurteilen? Ich stehe ja schon ein bisschen länger auf der Bühne?" Wie aus der Pistole geschossen erwiderte *Sophia* mit glühenden Wangen: „Ich würde dir eine ‚Eins plus' geben."

„Du beurteilst jetzt Gott", erläuterte *Annegret* sachlich. „Ich war keineswegs so. Ich bin so geworden, weil ich durch seine Wesensart geprägt wurde. Damit, *Sophia*, kommen wir zum springenden Punkt. Als wir Menschen aus dem Lehm erwachten, wurden wir tatsächlich von Gott mit ‚sehr gut' beurteilt. Das änderte sich aber schnell, als wir uns an einer Frucht vergifteten. Das Ziel hier und in der Neuen Welt ist, dass der Mensch wieder zum ‚sehr gut' findet. Und nicht nur das. Die gesamte Schöpfung, die Natur und Kreatur, wartet auf uns und damit auch auf dich, damit sie aus dem leidvollen Zustand der Vergänglichkeit herausgeführt wird. Meine vorrangige Aufgabe als Richterin ist es, angeschlagene Menschen der Heilung zuzuführen, damit sie zum Leben zurück finden. Teilweise geschieht dies auch durch Früchte und andere Naturprodukte, also auch medikamentös." Plötzlich zog Annegret eine Weinflasche, samt zwei Gläsern, aus der Tasche und stellte sie auf den Tisch. Hier z. B. ist so eine Medizin, sie stammt von Lebensbäumen, die an einem Strom stehen, der von Gott kommt. Auch die Blätter werden zur Medizin verarbeitet. Es gibt noch viele andere Früchte, die an den Flussbäumen wachsen. Sie eignen sich für Traumata und seelische Krankheiten aller Art. Wenn ich als Richterin die kranken Leute auf einen „Sanatoriums-Planeten" zur Heilung schicke, muss ich natürlich wissen, wie gut da die Betreuung ist. *Jakob* habe ich schon engagiert. Er ist bereit, Menschen hier im Totenreich, die aus Unglauben, Aberglauben und wirren Vorstellungen kommen, geistig zur Wirklichkeit zu führen. Jetzt bräuchte ich noch eine Medizinerin zur ganzheitlichen Heilung. Wärst du bereit, da mitzumachen? Auf Erden hättest du allenfalls zu einer endlichen Heilung beitragen können, hier zu einer endgültigen. Du würdest natürlich vorab eine gute Ausbildung dafür bekommen." Trotzdem *Sophia* mit wachsendem Erstaunen zuhörte, war sie doch nicht völlig überrascht. Sie hatte innerlich geahnt, ja, sogar insgeheim gehofft, dass *Annegret* sie in diesem Bereich engagieren würde. Froh sagte sie von ganzem Herzen ein ‚Ja'. „Danke" sprach *Annegret* und schenkte beide Gläser voll ein. „Dann stoßen wir an, auf eine heile neue Welt."

Nachdem sie ihre Gläser geleert hatten, fuhr *Annegret* fort: „Morgen wird *Jakob* bei dir vorbeikommen und wir werden zusammen eine paar Tage durch das Totenreich reisen, damit ihr zur Ergänzung zu eurem Aufenthalt in der Flussoase noch etwas mehr von dem Zustand der Menschen hier mitbekommt. Dann wirst du in die neue Welt zur Ausbildung versetzt und *Jakob* wird erst einmal hier tätig werden."

12 Die Demut Gottes

Bei der Reise mit *Annegret* lernten *Sophia* und *Jakob* viele Länder des Totenreiches mit ihren Bewohnern kennen. Etliche Regionen wurden bei diesem Trip freilich vermieden. Bei ihrer Erkundigungstour trafen sie auf alle Menschengattungen, die je auf Erden gelebt hatten – von der Steinzeit bis zur Moderne. *Sophia* führte viele Gespräche mit Leuten, die aus verschiedenen Religionen und Ideologien kamen, auch mit Atheisten und Nihilisten. Sie erkannte, in welch bejammernswertem Zustand die meisten von ihnen waren. Sie waren seelisch krank, pflege- und heilungsbedürftig. Die wenigsten hatten eine Ahnung vom Sinn ihres Lebens und vegetierten stumpf und dumpf vor sich hin. *Sophia* fragte einmal *Annegret*: „Was soll aus diesen Gestalten werden?" Sie antwortete: „Sie sollen dem Bild Gottes wieder gleich werden, zu dem sie einst geschaffen wurden." „An ihnen kann ich aber keine Gottähnlichkeit erkennen", erwiderte *Sophia* spontan. „Ja, aber *Jakob* und du werdet dazu beitragen, dass sie wieder in das Bild ihrer Bestimmung finden. Es wird einige Zeit brauchen, letztlich wird es bei den meisten gelingen, du wirst es sehen."

Dann kam *Sophias* Versetzung in die neue Welt. Im Fachjargon wurde auch Auferstehung dazu gesagt. Es war aber mehr eine Wiedergeburt als eine Umsetzung. Sie bekam einen neuen unsterblichen Leib, denn sie jetzt wieder kleiden und schmücken konnte. Hatte *Sophia* schon auf Erden gut ausgesehen, so war dies nichts im Vergleich zu ihrer jetzigen Gestalt. Eine strahlende Schönheit war sie nach ihrer Wiedergeburt geworden. Ihre nächste Station war nun der Zentralplanet des Neuen Universums. Dieser riesige Hauptplanet hieß Neue Erde und seine Hauptstadt Neues Jerusalem. Um diesen Mittelpunktplaneten schwebten unzählige Planeten, auf denen Menschen aus allen Zeiten wohnten, um von ihrer Vergänglichkeit zu genesen und zur Vollkommenheit zu gelangen. Auf der Neuen Erde kam *Sophia* in eine Uni für Heilkunde, die ihre Einrichtungen in der Nähe der Hauptstadt hatte.

Während *Sophia* auf der Uni studierte, wirkte *Jakob* erfolgreich im Totenreich. Er entwickelte Strategien und Verfahren um Menschen geistlich zu heilen und in die neue Welt einzugliedern. Oft dachte *Jakob* in diesen Tagen an seinen Urvater Abraham, dem verheißen wurde, dass durch ihn alle Völker gesegnet würden. Das hatte sich auf Erden nur zum Teil erfüllt. In der jenseitigen Welt erlebte *Jakob* nun die volle Erfüllung dieser Verheißung. Selbst Völker, die auf der Erde untergegangen waren, wurden hier erreicht und konnten zum Heil finden. Es wurde ein großes aber auch notwendiges Werk, in das die Richterin *Jakob* hinein gelotst hatte.

Derweil wurde *Sophia* in der Schule von den verschiedenen Lehrern stramm heran genommen. Es wurde allgemein viel von den Studenten verlangt. Die Zeit im Totenreich kam *Sophia* demgegenüber wie ein Sanatoriumsaufenthalt vor. In der ersten Zeit mussten sie vor allem lernen, ihre Gedanken und Emotionen zu disziplinieren. Unter allen Umständen und unter allen Belastungen mussten sie sich unter Kontrolle halten. Dies fiel vor allem *Sophia* schwer und sie musste viel an sich arbeiten. Ihnen wurde gesagt, dass sie auf der vergänglichen Erde keine Macht in den Händen gehabt hätten. Ein Gemütsausbruch hatte dort meist nur begrenzte Folgen. Hier aber bekommen sie viel Macht. Durch die Macht ihrer Gedanken würden sie später ganze Welten verändern und das unter Umständen auf ewig. Sie müssten deswegen verstehen, dass von ihnen eine lautere Grundhaltung gefordert werde, die sie in allen Situationen unbedingt zu vertreten haben. Die erste Göttergeneration habe diesbezüglich versagt. Sie gab ihren Launen nach. Die Generation, die jetzt geschult wird, darf sich dies nicht mehr erlauben.

Der zweite Schwerpunkt neben der Medizin-Ausbildung, bestand darin, Energie zu manipulieren. Sowohl die alte als auch die Neue Welt bestand bzw. besteht aus Energie, die in verschiedene Formen kondensiert, kristallisiert und umgewandelt werden kann. So lernten sie z. B. Energie aus der Umgebung zu entziehen und damit Gegenstände zu bewegen. *Sophia* erwarb sich hierbei schnell besondere Fertigkeiten. Ihr gelang es, auf dem Übungsgelände, einen mittleren Berg 500 Meter weit zu versetzten. Was von ihren Mitschülern beklatscht und ihr sogar ein anerkennendes Lächeln vom strengen Lehrer einbrachte. Ihnen wurde auch gezeigt, wie sie Dinge entmaterialisieren und wieder materialisieren konnten. Als Krönung der Versuche lernten sie auch, direkt aus Energie Gegenstände herzustellen – rein durch konzentrierte Gedankenvorstellungen. Dann lernten sie, sich in Gedankenschnelle von einem Ort zum anderen zu bewegen, was besonders für ihre künftigen Tätigkeiten wichtig war.

Für *Sophia* dauerte die gründliche Ausbildung auf dem Hauptplaneten fast 90 Jahre. Ein halbes Jahr vor ihrem Abschluss wurde ihr persönlich eröffnet, für welche Tätigkeit sie als erstes vorgesehen sei. Sie sollte auf den Kakteen-Planeten versetzt werden.

Endlich kam der große Tag, an dem sie auf den Kakteen-Planeten ankam. Die Planetenchefin, die von allen Kakteen-Königin genannt wurde, führte sie dabei feierlich in ihr Amt ein. Alle Menschen und Tiere auf dem Planeten und insgeheim wohl auch die Pflanzen, hatten auf die neue Heilkraft gewartet. Das Schloss, in dem sie wohnen sollte, stand auf einem grünen Hügel, im Halbkreis umgeben von einem weitläufigen schönen Park. Auf der offenen Seite befand sich ein See, an dessen gegenüberliegender Seite sich ein Felsengebirge emporhob. In dem großen Park waren das Kommunikationszentrum und die Ministerien angesiedelt. Als *Sophia* vor dem Schloss stand, das ihr in leuchtendem Weiß entgegen strahlte und wie eine vergrößerte und verbesserte Ausgabe von Neuschwanstein aussah, fühlte sie sich zu Hause angekommen.

Die Kakteen-Königin erklärte ihr, dass ihr Planet nur geringfügig kleiner sei als die alte Erde. Da er aber keine Weltmeere besitze, habe er eine größere Landfläche als ihr Geburtsplanet. Sie regiere damit über ein gewaltiges Gebiet. Allerdings sei ihr Planet äußerst dünn besiedelt. Nur 250 Millionen Menschen wohnen auf ihm. 20% seiner Fläche seien landwirtschaftlich genutzt. Der übrige Teil sei naturbelassen. Wildromantische Gegenden mit Wäldern, Seen und Gebirgen befinden sich darauf. Von der Natur her gesehen sei ihr Planet einer der schönsten im gesamten Planetensystem. Er besitze auch eine große Zahl von Tieren. Nach einer Vortragspause fragte *Sophia* die Königin: „Wie ist es aber mit den benutzten Flächen? Was wird da angebaut?" „Hauptsächlich Kakteen aller Art. Deswegen heißt unser Reich auch Kakteen-Planet. Diese Kakteen werden zu allen anderen Planeten mit Raumschiffen exportiert, auch zur Neuen Erde. Importiert werden im Gegenzug pharmazeutische Artikel aber auch Anlagen, Maschinen und Fahrzeuge, die auf unserem Planeten nicht hergestellt werden. Unser Planet hat als Gewerbe nur Landwirtschaft und Handwerk. Neben den Kakteen-Anlagen gibt es ausgedehnte Obstplantagen und Felder, auf denen Nahrungsmittel für die Bevölkerung angebaut werden."

„Was sind das für Menschen, die auf diesem Planet leben?" fragte *Sophia* weiter. Die Königin nickte anerkennend mit dem Kopf und sagte: „Auf diese Frage habe ich gewartet. Die Beantwortung ist für dich wichtig. Letztlich geht es erst einmal um Menschen. Wie du weist, steht am Ende der irdischen Zeit für jeden Menschen ein Lebensgericht. Für jeden, der sich diesem Gericht freiwillig unterzieht, gibt es einen Plan mit Erziehungsmaßnahmen, Therapien und geeigneten individuellen Förderaktionen, damit jeder in die Welt Gottes wieder eingegliedert und zu seiner hohen Bestimmung findet. Du wirst hier Menschen vorfinden, die an ihren Lebensverhältnissen auf Erden gescheitert sind. Die sehr unter den vielfach stachligen, notvollen, widerwärtigen, traurigen, ungerechten und verführerischen Zuständen litten. Kurzum, die deswegen innerlich kündigten und damit ihre irdische Ausbildung nicht vollendeten." Unwillkürlich entfuhr *Sophia* bei dieser Aufzählung ein: „Ach!" Sie dachte an *Lucy,* die wegen ihrer Lebensumstände vorzeitig aufgab. Irritiert sah sie die Königin an. „Na ja", meinte sie, „bei den Verhältnissen auf Erden ist dies oft vorgekommen. Aber bei der Pflege und Betreuung der Kakteen lernen diese Menschen mit stachligen Organismen beständig umzugehen. Mit deiner Hilfe werden sie auf diesem Planeten ihrer Bestimmung näher kommen. Du bist entsprechend ausgebildet und hast dazu ein ethisch-moralisch sensibles Gewissen. Wir hoffen, dass du für die Menschen auf diesen Planeten zum Segen wirst." *Sophia* schaute bei diesen Ausführungen etwas betreten drein. Die Königin merkte es und legte Mut machend ihre Hand auf *Sophias* Schulter, indem sie sprach: „Du wirst es schaffen, dessen sind wir hier alle sicher."

Sophia aber war etwas beklommen zumute, bei ihrem Antritt in diesen neuen Lebensabschnitt. Noch nie hatte sie verantwortlich im Beruf gestanden – und jetzt gleich diese gewaltige Aufgabe. Durch ihre Ausbildung auf Erden, im Totenreich und auf dem Zentralplaneten war sie jedoch vorbereitet. Sie kam auch nicht als ein schwacher sterblicher Mensch. Sie kam als unsterbliche Göttin, die Macht in den Händen hatte und dazu noch von blendender Schönheit war. Auf der Universität für Heilkunde war sie zudem in den meisten Fächern einer der Besten gewesen.

Sie merkte bald, dass ihr die Arbeit nicht schwer fiel. Ihre Autorität war unbestritten. Alle Monate rief sie ihre Heilpraktiker zu sich. Sie hatten dann über ihren Fachbereich zu berichten und sie gab ihnen Unterricht. Manchmal gab es auch erregte Debatten und unterschiedliche Meinungen über Vorgehensweisen. Doch nachdem sie ihre Meinung kund getan hatte, gab es keinen Widerspruch mehr. Die Kommunikation war denkbar einfach. Sie erfolgte ähnlich dem Gebet auf Erden. Von den Außenstellen wurden Probleme, Erfolgsmeldungen oder sonstige bemerkenswerte Vorkommnisse der Kommunikationszentrale gemeldet. Diese sortierten sie und gaben wichtige Angelegenheiten an sie weiter. Falls einmal ein Fall eintrat, der den Einsatz von *Sophia* persönlich erforderte, genügte in der Regel allein ihr Auftreten. Schon der Anblick ihrer Person brachte die Menschen wieder zur Besinnung und sie wurden willig, ihre Medizin einzunehmen und ihren Pflichten nachzugehen.

Jährlich unternahm sie ohne Begleiter eine Besichtigungstour durch ihr Reich. Sie konnte sich ja in Gedankenschnelle von einem Ort zum anderen bewegen. Für diese Reise nahm sie sich jeweils einen Monat Zeit. Sie übernachtete dabei in den Hütten der Landarbeiter und aß zusammen mit ihnen ihre Speisen. Dabei stellte sie fest, dass auch etliche, die durch *Jakobs* Arbeit zur Umkehr kamen, auf ihren Planeten zur Weiterführung waren. Ihre Besuche motivierten ungemein. Danach arbeiteten die Leute williger, manche sogar mit Freuden. Normalerweise betrug die Aufenthaltszeit der Menschen auf ihrem Planeten 500 Jahre, dann kamen sie auf einen anderen Planeten, um die nächste Lektion zu lernen. So durchschreiten sie Planet um Planet, bis sie in Vollkommenheit zum Hauptplaneten gelangen. Während der Wirkungszeit von *Sophia* verringerte sich die durchschnittliche Therapiezeit auf 300 Jahre.

Im Übrigen war das Leben für alle nicht schwer und mit dem Existenzkampf auf der alten Erde nicht zu vergleichen. Die Felder und Bäume trugen zwölfmal im Jahre Frucht. Man brauchte eigentlich nur zu ernten, wobei die Tiere kräftig mithalfen. Nur die Kakteen-Planzungen mussten immer wieder neu angelegt werden, da ja ständig Kakteen exportiert wurden. *Sophia* war überall geachtet und sehr beliebt. Man schätzte ihre natürliche, offene und direkte Art. Sie war ohne Eigendünkel und voll unbedingtem Wohlwollen gegenüber Mensch, Tier und Pflanze. Das kam an! Die Menschen fühlten sich von ihr verstanden und geliebt. In ihrer Gegenwart blühten Mensch, Tier und Pflanze auf. Die Minister auf dem Planeten aber wunderten sich insgeheim, warum sie es mit den Menschen so gut konnte und warum ihr Wirken so erfolgreich war. Das waren doch alles Personen, die unter Erdbedingungen irgendwie versagt und hier ihre Lektionen zu lernen hatten. Allerdings wagte keiner, sie nach ihrem Geheimnis zu fragen.

Von der Verwaltungsstelle auf der Neuen Erde wurde der Kakteen-Planet als vorbildlich eingestuft. Wenn bei den jährlichen Konferenzen der Planetenchefs der Kakteen-Planet zur Sprache kam, konnte man auf dem Antlitz der Kakteen-Königin ein Lächeln sehen. Sie konnte sich in der glücklichen Arbeit von *Sophia* sonnen.

Nicht glücklich über *Sophia* aber war *Annegret*. Sie machte sich ernstlich Vorwürfe, dass sie dieses ‚Küken', wie sie *Sophia* insgeheim nannte, per richterlichen Beschluss auf den Kakteen-Planeten beordert hatte. Sicher, es war richtig gewesen, sie in ihrer medizinischen Laufbahn weiterzubringen und ihr dann einen angemessenen Arbeitsplatz zu geben. Dass aber die unerfahrene Person auf einen Planeten gleich komplett das Heilungswesen übernehmen sollte, das war etwas zuviel. Was hatte sie sich dabei nur gedacht. Wie sollte *Sophia* das schaffen?

Doch wie schon *Sophias* Vater, hatte auch sie *Sophia* unterschätzt. In Sorge um *Sophia* rief *Annegret* immer wieder mal bei der Kakteen-Königin an. Die hieß mit ihrem eigentlichen Namen Claudia und war auf Erden in der Diakonie beschäftigt gewesen. Sie war eine erfahrene Frau und kannte sich im Umgang mit Menschen und ihrer medizinischen Versorgung und Pflege besten aus. Doch bei jedem Anruf wurde ein Loblied auf *Sophia* gesungen. Sie habe sich bis jetzt bestens bewährt. Seit sie da sei, würde sich der Zustand ihrer Klienten ständig bessern. Sie sei ein echter Glücksfall für ihren Planeten.

Annegret war nach jedem dieser Auskünfte einerseits wieder etwas beruhigt, machte sich aber andererseits noch schwerere Sorgen. Wie sollte ihr ‚Küken' den Erfolg verkraften? Aus ihrem Lebenslauf wusste sie, das *Sophia* auch ehrgeizig war. War sie vielleicht gerade dabei, am Erfolg zu scheitern? Gewissermaßen mit angehaltenem Atem verfolgte *Annegret* gespannt ihren weiteren Werdegang. Als sie dann erfuhr, dass bei den Konferenzen der Planetenchefs der Kakteen-Planet als vorbildlich hervorgehoben wurde und dabei auch *Sophias* Verdienste gelobt wurden, kam ihr das kalte Grausen.

Die Verantwortung für diesen Fall konnte sie nicht mehr alleine tragen. Sie bat den Präsidenten, der auch oberster Richter war, um ein Gespräch. Dies wurde ihr umgehend gewährt. *Annegret* merkte wohl, dass der Präsident um ihretwillen dabei andere Termine verschoben hatte. Bei der Unterredung schilderte sie den Fall *Sophia* und beichtete dem Präsidenten ihr Fehlurteil. Der Präsident bemerkte dazu, das *Sophia* so unreif nicht sei. Sie habe noch im Sterben und im Angesicht des Todes konsequent ihren Weg weiter verfolgt. Das war kein Ergeiz sondern Treue zur Berufung bis zum Letzten. Betreten schwieg *Annegret*. Der Präsident aber fuhr fort: „Ich verstehe schon, was dich bedrückt. Ich will gern einen Termin mit ihrem und unserem Vater arrangieren. Dann tragen wir beide die Verantwortung für ihren Werdegang nicht mehr alleine." *Annegret* stimmte erleichtert zu.

Bei einer der nächsten Planetenkonferenzen auf der Neuen Erde wurde *Sophia* dazu geladen. Während der Konferenztage stand auch ein Ausflug ins benachbarte Jerusalem auf dem Programm. *Sophia* nahm daran teil. Der prachtvolle Glanz der Stadt übte eine große Faszination auf sie aus. Sie wirkte wie ein gewaltiges Gebirge aus Kristall und Gold. Mit einem Raketentaxi fuhren sie durch die goldenen Straßen bis zur Stadtmitte. Vor einem gewaltigen Kristallpalast blieben sie stehen. Das Gebäude war 10.000 Meter hoch. Als sie oben ankamen, war die Aussicht überwältigend. Wohin man schaute, überall herrlicher Glanz, wie von kostbarsten Juwelen. Die Stadt war riesengroß, ihre Enden konnte man nicht erkennen. Schließlich wendete man den Blick nach unten. In schwindelnder Tiefe befand sich ein Platz mit einem bescheidenen Haus, umgeben von grandiosen Prachtbauten. Die Stadtführerin zeigte mit dem Finger auf das seltsame Häuschen und sagte: „Seht da, die Hütte Gottes mitten unter den Menschen." „Die Hütte Gottes?" murmelte erstaunt *Sophia*. „Ja, die Hütte Gottes. Er hat den Himmel verlassen und ist zu uns auf die Erde gezogen." „Aber wieso in eine so erbärmliche Hütte?", fragte jemand leise. „Nun, seine Regierungsgeschäfte übt er nach wie vor in einem Palast aus. Seit er aber treue und erwachsene Kinder hat, kann er sein Geschäft auch abgeben - und den Feierabend verbringt er dort in der Hütte. „Wer ihn dort besuchen will, muss nicht auf- sondern absteigen. Er ist demütig, sanftmütig und bescheiden. Er braucht keinen Glanz, um Gott zu sein. ER ist immer Gott, auch in der kleinsten Hütte", erwiderte die Führerin.

Sophia starrte fasziniert nach unten. Sie fühlte sich unwiderstehlich von der Behausung angezogen. Am liebsten hätte sie sich hinuntergestürzt. *Sophia* fragte die Führerin, ob sie nicht einmal zu der Hütte gehen dürfte, sie fühle sich dazu innerlich gedrängt. Die Begleiterin nickte verstehend und sagte: „Wenn es dich dorthin verlangt, gehe nur. Wir warten auf Dich im Cafe, welches sich unter der Aussichtsplattform befindet".

Sophia fuhr mit einem Schnellaufzug nach unten und ging schnurstracks zur Hütte. Mit klopfendem Herzen blieb sie davor stehen. Dann fasste sie sich ein Herz und klopfte an. Die Tür ging auf – und dann lagen sie sich in den Armen. ER sagte: „Meine Tochter, wie stark hat es mich nach Dir verlangt." Ein unsagbares wunderbares Gefühl durchströmte *Sophia* bis in die letzte Faser. Sie war endlich bei ihrem Vater angekommen - den Ursprung ihres Seins.

Dann plauderten sie zwanglos über die Ereignisse auf dem Kakteen-Planeten. Es war nicht der Inhalt des Gespräches das *Sophia* änderte, es war etwas anderes. Sie hatte so etwas wie belehrende Kritik erwartet. Aber es kam das Gegenteil. Das allgenugsam Wesen vor ihr glaubte ihr alles, es hoffte mit ihr alles, es traute ihr alles zu … und es trug alles, was sie getan hatte und je tun würde. Doch noch etwas anderes bemerkte ihr wacher Blick. Gewiss, vor ihr saß der souveräne Gott, aber er schien nicht glücklich zu sein. Während des Gespräches sah sie ihn immer wieder verstohlen an. Endlich wagte sie, ihn anzusprechen: „Vater, was bedrückt dich?" Verblüfft blickte der Welten-Schöpfer sie an: „Ach, ich traure Tag und Nacht um meine verlorenen Kinder. Ich hatte alles für sie getan. Ich ließ meinen einzigen Sohn von ihnen zum Tod verurteilen und nahm danach ihre Schandtaten auf mich, um mich mit ihnen wieder zu versöhnen. Aber sie wenden mir, nach wie vor, den Rücken zu. Sag *Sophia*, was soll ich jetzt noch tun?" Nun war es an *Sophia* erstaunt zu sein. Sie traute ihren Ohren nicht. Da fragte der Schöpfer Himmels und der Erde ausgerechnet sie, was er tun solle. Das ist ja noch dramatischer wie das Beurteilungsgespräch mit *Annegret*, dachte sie.

Es dauerte eine Weile bis *Sophia* sich gefasst hatte. Aber dann stand sie auf, umfasste seine rechte Hand mit ihren beiden Händen und sagte: „Mein Vater, du brauchst nichts mehr zu tun. Mehr wie du getan hast, kann kein Vater tun. Jetzt sind wir dran! Wir werden unseren verlorenen Geschwistern bezeugen, wer du bist, damit sie erkennen, wie sehr du sie liebst. Wenn ein Mensch erkennt, was du für ihn getan und was du für ihn bereitet hast, kann er nicht anders, als dich von Herzen lieben! Solange ich existiere, werde ich von dir zeugen und Menschen auf deine selbstlose Liebe hinweisen."

Als *Sophia* wieder auf ihrem Planeten war, hatte sie nur noch eine Leidenschaft. Sie wollte in völliger Loyalität zu Gott stehen und in seinem Sinn handeln. Von seiner Demut war sie tief beeindruckt. Ihr kam dabei in den Sinn, dass er auch um ihretwillen in Christus Mensch geworden war – dazu noch in einem Stall. Er hatte sich den Menschen ausgeliefert und sich zu Tode verurteilen lassen – auch für sie. Sie aber hatte auf der Uni darauf spekuliert, einmal einen angesehenen Posten zu bekommen. Jetzt war ihr dies völlig gleichgültig. Sie hätte ohne mit der Wimper zu zucken die geringste Arbeit übernommen, ohne nach Anerkennung zu fragen – alles um ihren Vater zu gefallen.

Bei dem Gespräch mit Gott hatte *Sophia* die eigentliche Krönung zu einer Ewigkeitsfürstin bekommen. Sie wusste nun, dass ihr Leben seine Erfüllung finden wird im ständigen Teilnehmen an den Heilsaufgaben, für eine noch in der Gottesferne dahindämmernden Menschenwelt und für die kommenden Welten. Ihr wurde klar, dass es primär nicht um ihre Karriere geht, sondern um Versöhnung, Heilung und Erlösung einer ganzen Schöpfung. Das gab ihr eine Perspektive, die sie wegholte von allen persönlichen Ambitionen und sie hineinstellte in die überirdischen Aufgaben einer Gottesfamilie. Sie war nun zu einer Erfüllungsgehilfin des Weltenmeisters geworden!

Literaturverzeichnis

Theorie der Geisterkunde, Johann H. Jung-Stilling
Verlag Franz Greno, Nördlingen, 1987

Life after Life, Dr. med. Raymond A. Moody
Verlag Mockingbird Books, Ins., Covington, Georgia, 1975

Rückkehr von Morgen, George G. Ritchie
Verlag der Franke-Buchhandlung, Marburg, 14. Auflage 1989

Die Seherin von Prevorst, Justinus Kerner
Verlag Steinkopf Stuttgart, 1958

Berichte aus dem Jenseits, Sven Loerzer / Monika Berger
Pattloch Verlag, Augsburg, 1990

Was nach dem Tod auf uns wartet, Karl Heim
Christliches Verlagshaus Stuttgart, 1962

Tote sterben nicht, Willem Cornelis van Dam
Pattloch Verlag, 10. Auflage 1989

Der Tod wirklich anders? Philipp j. Swihart
Verlag der Liebenzeller Mission, 1979

Im Paradies, Dr. Kurt E. Koch
Brunnen Verlag, Basel

Das Schönste kommt noch – Vom Leben nach dem Sterben
Fritz Rienecker, Brockhaus Verlag Wuppertal, 1981

Inhaltsnachweis und Danksagung

Vorliegender Roman ist nicht das Werk oder Fantasieprodukt eines Einzelnen. Er reflektiert gleichnishaft Visionen und Erlebnisse, die über Jahrhunderte zusammengetragen wurden, aus dem Raum zwischen Himmel und Erde. Wenn auch im Literaturverzeichnis die Bibel nicht explizit erwähnt wurde, so spielt sie doch im Buch eine wichtige Rolle. Durch die von ihr vorgegebenen Etappen, wie Erdenleben, Totenreich, Gericht und Neue Welt, gibt sie dem Buch eine Aufgliederung nach Raum und Zeit. Allen Publizisten (auch den biblischen), die Jenseits- Offenbarungen für uns festgehalten haben, sei an dieser Stelle gedankt. Sie tragen dazu bei, dass wir nicht gar zu ahnungslos in den nächsten Raum rutschen müssen. Sie ermahnen uns aber auch eindrücklich, das irdische Leben verantwortungsbewusst zu leben – gleichzeitig nehmen sie dem Tod seinen Stachel.

Besondere Anerkennung gilt Frau *Susanna-M. Großmann*, die sich viel Mühe gemacht hat das Werk zu korrigieren und zu lektorieren. Zum Schluss sei in aller Demut auch Gott gedankt, der sich auf Erden offenbarte und uns im neuen Kosmos eine bleibende Heimat bereitet.

....

Die Menschheit ist ihres Unglückes Schmied, Gott aber schmiedet daraus für jeden sein ewiges Glück.

138